目次

生命の略奪者

Organ
Organizer

天久鷹央の事件カルテ

Ameku Takao's Crime Karte

プロローグ

まだ足りない。

愛《いと》しい女性の艶《つや》やかな頬を撫《な》でながら、男は絶望する。

まだ彼女は完璧《かんぺき》ではない。私とともに永遠を生きることは決してできない。

あの悪魔どもが、彼女から大切なものを奪っていったから。彼女を蹂躙《じゅうりん》し、その尊厳を、命そのものを奪っていったから。

「人殺しめ……」

怨嗟《えんさ》に満ちた声が薄暗い部屋に反響する。

奴《やつ》らの罪は万死に値する。いや、奴らだけではない。あれほど非道なことを赦《ゆる》す社会、それはもはや腐りきっている。

「……取り返してやる」

ひび割れた唇の隙間《すきま》から、同様にひび割れた声が漏れた。

この社会が彼女から奪っていったものを、すべて奪い返してやる。

これは権利だ。私たちの権利。そして……復讐《ふくしゅう》。

怯《おび》えるがいい。慄《おのの》くがいい。

そして、いかに自分たちが罪深い存在かを知り、神々の前に跪《ひざまず》き、深くこうべを垂れるがいい。

斬首《ざんしゅ》を待つ罪人のように。

暗い愉悦が胸郭の中で絶望と混ざり合い、熟成、もしくは腐敗していくのを男は感じていた。

この穢《けが》れた世界を浄化し、私は彼女とともに永遠を生きる。

そのためには『あれら』が必要だ。彼女が奪われた『あれら』が。

「大丈夫だ。私に任せておけばいい。全《すべ》てを取り返し、そしてともに……悠久のまどろみへと身を委《ゆだ》ねよう」

女性の頬に触れていた男の手が、蝸牛《かたつむり》が這《は》うような速度で移動していく。

ほっそりとしたあご、艶やかなうなじ、そして嫋《たお》やかな曲線を描く乳房を通過し、鳩《みぞ》尾《おち》にまで達したとき、その指先がゆっくりと埋まりはじめた。

胸骨の下端から下腹部まで、大きく切り開かれた傷口の中へと。

陶器のように白い肌に自らの手が埋まっていく光景が、心の柔らかい場所を妖《あや》しくくすぐる。

男は瞼《まぶた》を閉じ、愛しい女性の腹腔《ふくくう》内にわずかに残る熱を堪能《たんのう》する。自分と彼女の境界線が消え去り、融《と》け合っていくような錯覚を覚えながら。

男が漏らした悦楽の吐息が、湿った空気をかすかに揺らした。

＊＊＊

品川を通過した。あと少しで新横浜に着く。

腕時計で時間を確認した斉藤幸正《さいとうゆきまさ》は細く息を吐くと、膝《ひざ》の上に乗せているクーラーボックスに視線を落とす。

数十分前にこれを受け取ってからというもの、タクシーの中でも、東京駅から新幹線に乗ってからも、ずっと抱きかかえるように持っていた。

当然だ。この中に入っているものは、命そのものなのだから。

二人分の命。

斉藤は乾燥した唇を舐《な》めると、わずかにクーラーボックスの蓋《ふた》を開け、中を覗《のぞ》き込む。ぎっしりと詰められた氷に包まれるように置かれた透明のビニール袋に、りんごほどの大きさの桃色の塊が入っていた。斉藤の喉《のど》がごくりと鳴る。

心臓。胸の中心から全身に血液を送りだす、生命活動の根幹。

ほんの数十分前まで、この臓器は拍動していた。そしていまも、強力なポンプとしての機能を失ってはいない。

氷で冷やされ、ビニール内に満たされた保存液に浸《つ》かっているこの心臓の細胞は、死ぬことなくただ眠っているだけだ。そして何時間か後には、新しい持ち主の胸で再び拍動をはじめ、命を刻んでいく。

ドナーから取り出した移植用の心臓を、レシピエントがいる病院まで届ける。それが、斉藤に課せられた使命だった。

日本臓器移植ネットワークの移植コーディネーターになって十五年以上経《た》つが、心臓の搬送はまだ数回しか経験がなかった。

欧米に比べて日本は、脳死臓器移植が極端に少ない。そのため、脳死患者からでないと提供できない心臓の移植は、ごく稀《まれ》にしか行われていなかった。

その貴重な機会を任せられた責任が、背中に重くのしかかる。

この心臓を提供してくれたドナーは、まだ二十三歳の大学院生の女性だった。キャンプ場の川で溺《おぼ》れ、救出されたが脳死状態になった。

免許証に脳死臓器移植の意思が表明されていたため、東京の病院に転院後、遺族の許可のもと脳死臓器提供が決まった。

そして今日、神経内科医の脳死判定の後、手術室で肺、肝臓、腎臓《じんぞう》、そして心臓の摘出が行われた。

最後に摘出された心臓を預かった斉藤は、水道橋にある病院からタクシーで東京駅へと向かい、そこから新幹線に乗って心臓を移植されるレシピエントが待つ、新横浜へと向かっていた。

ドナーの女性、そして彼女の意思を認めてくれた家族に報いるために、確実に心臓を届け、そしてレシピエントを救わなくてはならない。心臓を受け取る患者は、三十代の男性で、拡張型心筋症という心臓の筋肉が薄く引き伸ばされる難病により、心機能が著しく低下し、半年以上も体外式の人工心臓でその命を繋《つな》いでいた。

この心臓を無事移植することができれば、おそらく彼は受け取った心臓とともに何十年も生きていけるはずだ。

そう、このクーラーボックスの中には、二人分の命が収められている。心臓を提供してくれた女性と、その心臓で救われる男性。二人の人生を、いま自分は運んでいる。

斉藤の体がぶるりと震える。緊張のせいか強い尿意が下腹部にわだかまっていた。新横浜に着いたら、駅に待たせてあるタクシーに乗ってすぐにレシピエントがいる病院へと向かわなければならない。臓器移植は時間との戦いだ。移植までの時間が短ければ短いほど、成功率が高くなる。

大切な心臓を一秒でも早く届けるために、いまのうちにトイレを済ませておこう。クーラーボックスのベルトを肩にかけて立ち上がり、通路を進んでいった。

平日の昼だけあって、乗客は少なかった。できるだけクーラーボックスを揺らさないように慎重に進んだ斉藤は自動ドアをくぐり、多機能トイレがあるデッキスペースに到着すると、楕円《だえん》上のトイレスペースに入り、『閉』のボタンを押す。

扉がスライドして閉まっていく。便器の方を向いた斉藤がズボンのチャックを下げようとしたとき、背後でガタッという大きな音が響いた。反射的に振り返った斉藤は目を見開く。

閉まりかけた扉の隙間に、男が体をねじ込んでいた。その顔は大きなマスクとサングラスで覆《おお》われていて、年齢すら分からない。

「は、入っていますよ！」

上ずった声で叫ぶが、男は答えることなく強引に押し入ってくる。異常を検知したのか、扉が一度開きはじめた。

「誰なんですか？　なにか用ですか？」

息を乱す斉藤の前で、男はドアのわきにある『閉』のボタンを押した。再度、扉が閉まりはじめる。後ずさった斉藤の背中が、狭い個室の壁に当たった。

なにが目的なんだ。こいつは何がしたいんだ。

混乱する頭で必死に考える。他人に恨まれるような覚えはなかった。俺が目的じゃないとしたら……。

斉藤は視線を下げた。抱きかかえているクーラーボックスが視界に飛び込んできた。相手の目的を悟った斉藤は、助けを求めようと大きく口を開けた。しかしその前に、手袋をはめた男の手が乱暴に斉藤の口元を覆い、押さえつける。後頭部が強く壁に叩《たた》きつけられ、目の前に火花が散った。

このクーラーボックスを、心臓を守らなければ。斉藤は握りしめた拳《こぶし》を振り上げる。しかし、それを振り下ろす前に、武骨な黒い機器を持った男の手が、首元に伸びてきた。ジジッという、誘蛾《ゆうが》灯《とう》で羽虫が燃えるような音が鼓膜を揺らした瞬間、全身の筋肉が硬直する。握りしめていた拳が意志とは関係なく開き、全身の筋肉が激しく痙攣《けいれん》した。

男が手を引くと同時に、斉藤はその場に崩れ落ちた。意識はかろうじてある。しかし、脳と体を繋ぐ神経が断線したかのように、体がピクリとも反応しなかった。

眼球以外に動かせる箇所が見つからない。男が握りしめている、立方体に金属製の突起が二つ付いている黒い物体に見覚えがあった。ドラマなどの中で。

スタンガン……？

混乱と電撃で思考が焼き付いている斉藤の前で男は片膝をつき、スタンガンを持つ手を振り上げた。何をされるかに気づき、両手で頭部を守ろうとする。しかし、腕の筋肉が意志に従うことはなかった。

　固い金属の塊が、顔面に振り下ろされる。鈍い音とともに頬に衝撃が走り、目の前で火花が散った。口の中に血の味が広がっていく。

　男は続けざまにスタンガンで斉藤を殴り続ける。皮膚の下から、顔面の骨が砕ける音が響く。視界が紅《あか》く、そしてやがて黒く染まりはじめる。

　なんでこんな目に？　ただ、人を助けたかっただけなのに……。

　朦朧《もうろう》とする意識で自問する。その問いに答えてくれるものは誰もいなかった。

　ひときわ激しい衝撃がこめかみに走り、斉藤の意識は闇《やみ》へと落ちていった。

＊

　頬が冷たい。重い瞼を上げると、やけに光沢のある赤い壁が見える。

　ここは……？　軽く首をひねった瞬間、頭頂部、側頭部、後頭部、鼻梁《びりょう》、頬、あご、口元。頭部のありとあらゆるところに激痛が走り、喉の奥からうめき声が漏れる。痛みが思考にかかっていた霞《かすみ》を晴らしていく。恐怖に彩《いろど》られた記憶が脳裏に映し出された。

　そうだ、男に殴られて……。顔の横にあるものが壁ではなく、自分の血液で濡れたトイレの床であることに気づいた斉藤は、必死に体を起こす。頭部のダメージは甚大《じんだい》だが、電撃で麻痺《まひ》していた筋肉はなんとか動きを取り戻していた。

どれだけ気絶していたんだ？　新横浜にはまだついていないのか？

血で濡《ぬ》れた床を這うようにして進んだ斉藤は、震える手を伸ばして『開』のボタンを押す。ドアがスライドして開いた。洗面台で化粧を直していた若い女性が振り返り、血《ち》塗《まみ》れの斉藤を見て、アイシャドーで縁取られた目を見開く。その口から、鼓膜に痛みを覚えるほどの悲鳴が轟《とどろ》き渡った。

やがて、騒ぎを聞きつけた人々が集まってくる。野次馬を「失礼します」とかき分けて、車掌が駆け付けた。斉藤を見た車掌は、呆然《ぼうぜん》としながら慌《あわ》てて跪く。

「お、お客様、どうされました⁉」

「新横浜……」

口腔内が切れ、歯が何本か折れているせいか、口から零《こぼ》れた声は自分のものとは思えないほどかすれていた。

「新横浜には……あと……何分で……つく？」

斉藤は必死に声を絞り出す。

「そんなことより、なにがあったかを……」

「いいから教えろ！　新横浜には、いつつくんだ！」

口から血しぶきを飛ばしながら、斉藤は怒鳴る。その剣幕に車掌は体を反らし、怯えた表情を浮かべた。

「し、新横浜はもう通過しました。……十五分ほど前に」

激しいめまいに襲われ、斉藤はその場に崩れ落ちる。

新横浜を過ぎてしまった……。この新幹線は名古屋まで止まらない。そこからすぐに引き返したとしても、二時間以上のロスになる。移植の成功率が落ちてしまう。いや、それどころか、移植手術自体ができなくなってしまうかもしれない。

二人分の命が、俺のせいで台無しになってしまう。

「あの……、大丈夫ですか？」

車掌におそるおそる声をかけられ、斉藤は顔をあげる。再び頭部全体を激痛が襲うが、そんなことは気にしていられなかった。

車掌に頼めば、途中の駅で臨時停車してもらえるのではないだろうか。人の命、しかも二人分の命がかかっていると分かれば、何とか対応してもらえるかもしれない。

「荷物を、あのクーラーボックスを新横浜に……」

そこまで言ったところで、斉藤は言葉を失う。便器のそばに置かれているクーラーボックスの蓋がわずかに浮いていた。

気を失う前は、しっかりとロックをかけていたはずだ。なのに、なぜ……？

斉藤は這うようにしてクーラーボックスに近づくと、震える両手でそっとその蓋を開ける。

網膜に映し出された光景に、喉からヒューという、笛を吹くような音が漏れた。

心臓が消えていた。

桃色の臓器は、それが入っていたビニール袋ごとなくなっていた。

斉藤は両手をせわしなく動かし、氷を掘っていく。クーラーボックスから飛び出た氷が、血液で汚れた床を滑っていく。

しかし、底まで氷をかき分けても、命のリレーのバトンを見つけることはできなかった。

冷え切った両手で斉藤は頭を抱える。

獣の咆哮《ほうこう》のような慟哭《どうこく》が、トイレの壁に反響した。

第一章　奪われたバトン

1

モニターが刻む電子音と、人工呼吸器のポンプ音がいびつなハーモニーを奏《かな》でる。鉛のように重い空気に息苦しさを感じた僕、小鳥遊優《たかなしゆう》は、白衣の下に着ているポロシャツの襟元に手をやった。ふと隣を見ると、二年目の研修医で、現在、僕が所属する統括診断部で研修を受けている鴻《こう》ノ池舞《いけまい》が、神妙な面持ちで正面を見つめていた。

七百床の病床を誇り、東久留米《ひがしくるめ》市一帯の地域医療の根幹であるこの天医会《てんいかい》総合病院で、最も個室料金の高い病室。ラグジュアリーホテルのスイートルームと見間違うばかりの広い部屋の窓際《まどぎわ》に置かれたベッドに、若い女性が横たわっていた。

その喉《のど》にはプラスチック製のチューブが差し込まれ、人工呼吸器から伸びる管と接続されている。

土曜日の午後十時過ぎ、僕はこの特別病室にいた。僕と鴻ノ池が入院させた患者を看《み》取《と》るために。

ベッドのそばでは、真っ白な頭髪をした老齢の男性と、紺色のワンピース姿の中年女性が、痛みに耐えるような表情でベッドに横たわる女性を見つめている。二人の後ろには、主治医である葛城《かつらぎ》という名の脳神経外科医が立ち、出入り口近くに僕、鴻ノ池、そして数人の人々が控えていた。彼らの大部分は手術着の上に、白衣を羽織っている。

モニターに表示される心拍数がじわじわと下がっていく。心臓の限界が近づいていた。間もなく、ベッドに横たわる女性、神宮寺《じんぐうじ》由佳《ゆか》は最期《さいご》のときを迎える。鴻ノ池が唇を固く結んだ。

僕と鴻ノ池が、由佳をはじめて診たのは先月の深夜のことだった。

慢性的に人手不足の救急部へ、統括診断部から『レンタル猫の手』として定期的に貸し出されている僕はその夜、当直業務に当たっていた。

この天医会総合病院では、初期研修はどの科で研修を受けていても、月に二、三回は救急部で当直をすることになっている。なので、その日は鴻ノ池も救急部で勤務していた。

立て続けに搬送されたり、自分の足で来院する患者たちを鴻ノ池と二人で何とかさばき切り、ようやく遅い夕食を食べられるかと思ったとき、救急隊からのホットラインに、交通事故患者の搬送依頼が入った。

そうして救急搬送されてきた患者こそ、神宮寺由佳だった。バイクに乗っていたところ、確認を十分にしないまま車線変更をしてきたトラックに巻き込まれて激しく転倒し、全身を強く打っていた。

胸腹部の臓器がかなり損傷を受けていたので、挿管して人工呼吸管理にしたうえですぐに手術室へと運び、当直の外科医とともに開腹しての止血を試みた。

破裂した脾臓《ひぞう》を摘出し、肝臓の損傷に大網《たいもう》を充塡《じゅうてん》することで修復した。その間、鴻ノ池が麻酔科医と力を合わせて輸液、輸血、昇圧剤の調整などで必死に呼吸と循環を安定させてくれたおかげで、なんとか命を救うことができた。

命だけは……。

由佳は頭部にも大きなダメージを受けていた。固定が不十分だったのか、転倒して転がっているうちにヘルメットが脱げてしまい、彼女の頭は強くアスファルトに叩《たた》きつけられた。その結果、広範囲の急性硬膜下血腫《けっしゅ》が生じており、その日、脳外科の当直をしていた葛城が頭蓋骨《ずがいこつ》にドリルで穴をあけて血腫除去を行ったものの、脳の損傷はきわめて大きかった。

事故の翌日には、脳が腫《は》れあがる脳浮腫が著しくなり、頭蓋内圧が上昇。その結果、脳幹が押しつぶされるように脊柱管《せきちゅうかん》へと入り込む脳ヘルニアが生じてしまった。

葛城が必死に脳浮腫を改善させようとしたが、治療への反応は芳《かんば》しくなく、脳幹部は大脳を含む他の中枢《ちゅうすう》神経系とともに、その機能を失った。

脳幹は呼吸や血液循環など、生命活動の根幹を支える中枢だ。そこが機能を失えば、人工呼吸器と様々な薬により、かりそめの命をつなぎとめることしかできなくなる。

　事故から数日後には、僕は所属している統括診断部の部長である天久《あめく》鷹央《たかお》に判断を仰ぎ、様々な検査を行った。じっくりと時間をかけて脳波や神経反射などを調べた結果、鷹央は重々しい声で告げた。「残念ながら、脳死状態になっているだろう」と。

　由佳の意識は二度と戻ることはなく、また自発呼吸も行えない。脳幹の機能を失った体は、近いうちに生命活動を維持できなくなる。主治医となった脳外科の葛城が、由佳の両親にそれを伝えたとき、初期治療を担当した者として僕もその場に立ち会った。

　由佳の母である神宮寺春枝《はるえ》は両手で顔を覆って泣き崩れ、父親である神宮寺岳彦《たけひこ》はまるで魂が抜けたかのように口を半開きにして、焦点の合わない虚《うつ》ろな目でこちらを眺めていた。そんな二人に、葛城は過剰なほどに気をつかいながら、今後の方針を説明していった。

　聞いたところによると、神宮寺家はこの地域ではかなり有名な名家らしい。もともとは地域の地主で、岳彦の代で不動産会社を起こし、バブル期に莫大《ばくだい》な財を築いたということだった。そして、多くの不動産成金とは違い、多角経営化によってバブル崩壊を巧みに乗り越え、現在、岳彦が会長を務める会社は東証一部上場企業として成長を続けているとのことだ。

　最初に神宮寺夫妻を見たとき、僕は親子だと思った。それほどに、二人の年齢は離れていた。岳彦が七十代半ばなのに対し、春枝は四十歳になったばかりだ。妻を亡《な》くした岳彦が、高級クラブでホステスをしていた春枝と再婚したという噂《うわさ》だ。たしかに、春枝は四十代とは思えないほどの若々しさと、年相応の落ち着き、そして妖艶《ようえん》な美貌《びぼう》を兼ね備えていた。配偶者を亡くし、独り身となっていた岳彦が妻に迎え入れるのも理解できた。

　数時間前、救急部の日直が終わって帰ろうとしているところ、院内携帯に葛城から連絡があった。

『小鳥遊先生、神宮寺由佳さんの血圧と脈拍が不安定になってきました。おそらく、今晩中に亡くなります。先生にはご両親への説明に立ち会っていただいたり、いろいろとお世話になったので、お伝えしておきます』

　僕は由佳の担当医ではないので、「分かりました」と返事をし、そのまま帰っても問題なかった。ただ、救急部での初期治療を担《にな》い、そして両親に厳しい状態であることを説明した縁がある。

　一人娘の状態を伝えた際の悲痛な両親の姿が頭をかすめ、僕は少し迷ったあと、「お看取りに立ち会わせてもらってもいいですか？」と口にしていた。

　一応、鴻ノ池にも連絡を取ると、彼女も立ち会いたいと言い出した。というわけで僕たちは、病院の屋上に建っている統括診断部部長の自宅兼、医局に集合し、レトルトカレーで夕食をとりながら、統括診断部の現在のメンバーである三人で雑談などをして過ごした。そして三十分ほど前、葛城から再度連絡が入った。『間もなくだと思います』と。

　モニターに表示されている心拍数がさらに低下していく。岳彦と春枝は流れる涙を拭《ふ》くこともせず、愛する一人娘の手を握りしめる。

　そして、モニターに表示されていた心電図が平坦になった。胸がえぐられるほどに慟《どう》哭《こく》しながら、岳彦が娘の体を抱きしめる。春枝は両手で摑《つか》んだ娘の手に額を当て、嗚咽《おえつ》を漏らしはじめた。

　葛城はそっと人工呼吸器の電源を落とす。由佳の肺に酸素を送り込むポンプの音が止《や》んだ。

「ご確認させて頂いてもよろしいでしょうか」

　静かに葛城が声をかけると、岳彦は涙で濡れた顔をあげて、固く食いしばった歯の隙《すき》間《ま》から、「お願いします」と声を絞り出す。

　ベッドサイドに立った葛城は「神宮寺さん、失礼しますね」と柔らかく声をかけながら、由佳の入院着の胸元に聴診器の集音部を当てて聴診をしたあと、ペンライトで彼女の瞳《ひとみ》を照らした。

　ペンライトを白衣の胸ポケットに戻し、由佳の入院着を丁寧に整えた葛城は振り返り、岳彦と春枝を見る。

「心臓と呼吸の停止、及び、対光反射の消失を確認いたしました。二十二時十三分、ご臨終です」

葛城が深々と一礼する。僕と鴻ノ池、そして僕たちの周りにいる人物たちもそれに倣《なら》った。

「お世話に……なりました……」

岳彦は気丈にも、握りしめた拳《こぶし》を震わせながら頭を下げる。隣に立つ春枝が、両手で顔を覆《おお》って肩を震わせはじめた。

普通なら、ここからエンゼルケアと呼ばれる処置が担当医と看護師によって行われる。挿管チューブ、点滴ライン、心電図などの医療機器をすべて外したうえで遺体についている汚れを拭き取り、清潔な服に着替えさせ、死化粧を施すのだ。それが一般的な流れだった。

しかし、今回は事情が違う。これから、『一般的な流れ』とは全く異なった処置が予定されているのだ。そして、それを行うのが、僕たちの周りに控えている人々だった。

葛城は素早くこちらにやって来ると、待ち構えている者たちに「お願いします」と会釈する。

「承りました」

スーツ姿の中年女性が軽くあごを引いたあと、神宮寺夫妻に近づいていく。

「このたびはご愁傷さまでした。心からお悔やみ申し上げます。娘さんの遺志を尊重するため、これより必要な処置をはじめさせていただきますが、よろしいでしょうか？」

女性の口調には深い敬意が滲《にじ》んでいた。岳彦は何度も頷《うなず》きながら「お願いします」とつぶやく。

「ありがとうございます。娘さんのお体は、最大限の敬意をもって扱わせていただきます。処置をはじめさせていただきますから、ご家族はどうぞ外でお待ちください。手術室に向かう際に、また声をかけさせていただきます」

岳彦に礼を述べた女性は、こちらに目配せをする。僕たちの周りにいた白衣姿の者たちが素早くベッドに近づいていく。入れ替わるように、岳彦と春枝が重い足取りでこちらに近づいてきた。僕は「ご愁傷さまです」と一礼し、病室から出ていく二人を見送る。

正面に視線を戻すと、白衣姿の者たちがせわしなく動き回っていた。大きなクーラーボックスから冷やした乳酸加リンゲル液を取り出すと、それを次々と点滴棒にぶら下げ、ラインを作っていく。そして、由佳の入院着の裾《すそ》から出ているチューブにそのラインを繋《つな》げ、勢いよく乳酸加リンゲル液を流し込みはじめた。

「あれって、なにをしているんですか？」

鴻ノ池が小声で訊《たず》ねてくる。

「前もって鼠径部《そけいぶ》から下大動脈に挿入していた動脈用カテーテルに、灌流《かんりゅう》液を注入しているんだ。灌流液は大動脈から腎《じん》動脈に流れ込み、腎臓内の血管を灌流して、血栓などによる障害を防ぐ。移植する腎臓を保護するために必要な処置だよ」

今回のケースが一般の死亡宣告と違う点、それは死後に腎臓が移植用に摘出されることだった。

救急搬送時に身元を調べるため、由佳の免許証を見たところ、『私は、心臓が停止した死後に限り、移植のために臓器を提供します。』という意思表示が確認できた。

先月、由佳が回復する見込みがないことを告知した際、葛城は臓器の提供も可能であることを、言葉を選びつつ岳彦と春枝に告げていた。一人娘がもはや助かることがないという宣告にショックを受けていた二人は、娘が臓器移植のドナーとなることに強い拒否反応を示した。特に春枝は「絶対にそんなことさせない！　そんなの許せない！」と金切り声を上げた。しかし、おそらくは悲劇を受け入れていくうちに気持ちの変化があったのだろう。僕が知らないうちに、死後に腎摘出をする準備が整っていた。

手際よく処置を行っている白衣姿の者たちは、練馬《ねりま》にある南港医大練馬病院から派遣された腎摘出チームだった。

心停止後の患者をドナーにした臓器移植の場合、移植手術を行う医療施設から臓器摘出チームが派遣される。彼らはこれから、この病院の手術室で移植用臓器の摘出を行う。

摘出された腎臓は、日本臓器移植ネットワークの職員により、一つは南港医大練馬病院に、そしてもう一つはお茶の水にある東日本医科大学付属病院に運ばれ、レシピエントに移植されることになっていた。

「先生方、このたびはまことにお世話になりました。今回の移植を担当させていただく、移植コーディネーターの所沢《ところざわ》と申します。患者さんからご提供頂いた腎臓は、私たちが責任をもってレシピエントのもとにお届けしますので、どうかご安心ください」

ついさっき、岳彦と春枝に説明をしていた中年女性が、慇懃《いんぎん》に礼を述べる。ドナーの死亡が確認された時点で、こちらの仕事は終わりだ。あとは、日本臓器移植ネットワークと移植を行う医療機関の仕事となる。

僕は葛城とともに「よろしくお願いします」と頭を下げると、鴻ノ池を引き連れて病室をあとにした。

「お疲れさまでした、葛城先生」

廊下に出た僕がねぎらうと、葛城はこめかみを掻《か》く。

「まだ終わったって感じじゃないですけどね。なんにせよ、問題なく腎摘できて、レシピエントに移植されて欲しいです。まあ、私に出来ることは、もう祈ることくらいですが」

「しかし、ご両親はよく臓器提供に同意しましたね。最初の説明のときの様子では、断固拒否しそうな感じだったのに」

僕の問いに、葛城は弱々しく微笑《ほほえ》んだ。

「あのときはパニック状態でしたからね。そのあと、病状説明の際に何度か臓器提供のことも話をしたんですよ。やっぱり最初のうちは拒否感が強かったですけど、まずは岳彦さんから、じわじわと態度が変わってきました。お嬢さんの意思を尊重することですし、それに臓器だけでも誰かの中で生き続けて欲しいという気持ちになってきたんですよ。春枝さんは最後まで強く反対していましたけど、ご主人とよく話し合ったのか、先々週には全面的に受け入れてくれました」

「臓器移植は命のリレーですからね」

僕がつぶやくと、葛城は「その通りです」と力強く頷いた。

「不幸な出来事で命を失った方が、臓器を提供することで他の方を助ける。これは百パーセントの善意から行われる崇高な行為です。残念ながら日本での臓器移植は、海外に比べて極めて少ない。だから、そんな中でしっかりと提供の意思を示して下さっていた患者さんの想《おも》いには、できる限り答えたいと思っているんです」

僕が「ですね」と相槌《あいづち》を打つと、葛城は「なんか、語ってしまってすみません」と言い残して去っていった。

「熱いドクターですね。ああいう熱血タイプ、嫌いじゃないんですよね」

葛城の姿が見えなくなると、鴻ノ池が沈んだ空気を振り払うように軽い調子で言った。

病院は生死が交錯する場所だ。医師をしていれば日常的に患者の死に触れる。それを全《すべ》て背負い引きずっては、心が壊れ、他の患者に不利益を及ぼしかねない。だからこうして、あえて重い空気を払拭《ふっしょく》することも臨床現場では必要なことだった。

僕もあえて軽口で応じる。

「お、なんだ。葛城先生のこと気になるのか？　なんなら紹介してやってもいいぞ。ただ、付き合いはじめたら院内に噂を流すけどな」

鴻ノ池には日常的に、（主に恋愛がらみのことで）からかわれている。少しは反撃しても罰は当たらないだろう。

「うーん、紹介かぁ」

鴻ノ池は難しい顔で考え込む。

「たしかに、熱いキャラは大好物なんですけど、葛城先生は体がなぁ……。白衣を着ていても、ちょっとお腹出ているの分かるし、全体的に運動不足で筋肉が少なそうですよね。やっぱり付き合うなら、シックスパックの腹筋とか、盛り上がった僧帽筋とか、ボリュームのある大胸筋を鑑賞できる相手がいいんですよね。あとはなんと言っても、前腕の筋肉のシルエットが重要で……」

「……鴻ノ池、……よだれ」

僕に指摘された鴻ノ池は、慌《あわ》ててよだれが垂れている口元を拭《ぬぐ》った。

「お前さ、いい加減、体で男を選ぼうとするの、やめろよな」

「ほっといてくださいよ。人がどんな基準で彼氏を選んでも自由じゃないですか。私は筋肉が好きなんです。筋肉イズ正義！」

「そ、そうか……」

迸《ほとばし》る筋肉への熱い想いに圧倒された僕が軽くのけぞると、鴻ノ池はすっと目を細めた。

「ちなみに筋肉で言ったら、小鳥《ことり》先生、かなり好みのタイプだったりします。やっぱり空手で鍛えただけあって、ウェイトトレーニングで鍛えた人たちとは筋肉のつき方が違いますよね。特に、広背筋とか上腕三頭筋とかのヒッティングマッスルが。……あの、小鳥先生、つかぬことをお伺いしますが、ちょっとここで脱いで、前鋸筋《ぜんきょきん》を見せてもらうことって可能ですかね？」

「可能なわけないだろ！」

僕が声を荒らげると、鴻ノ池は下唇を突き出した。

「なんでですかぁ？　いいじゃないですか、別に減るもんじゃないし」

「深夜の病棟で脱いでいたりしたら、たんなる変質者じゃないか！」

「新しい趣味に目覚めちゃいそう？」

「誰かに目撃でもされたら変な噂が広がって、浮いた話がなくなるかもしれないってことだよ！」

「なぁんだ、それなら大丈夫ですよ」

鴻ノ池はパタパタと手を振る。

「もともと、浮いた話なんて全然ないじゃないですか」

「ほっとけ！　いいから行くぞ」

僕があごをしゃくると、鴻ノ池は「はーい」と片手をあげてついてきた。

「なんでいつもいつも、こいつにからかわれないといけないんだよ。そもそも、ナースとかと浮いた話がないのは、僕が鷹央先生と付き合っているとかいう根も葉もないうわさを、こいつに流されているからなのに……」

僕がぶつぶつと愚痴をこぼしていると、鴻ノ池が「ドンマイ！」と背中を叩いてくる。

「安心して下さい。根も葉もないうわさだったとしても、私が種から丹念に水と養分を上げて育て上げて、しっかりお二人をくっつけますから」

「やめてくれ……、本当に……」

「いやあ、お二人が結婚式とかやったら、私が友人代表でスピーチとかするのかなぁ。鷹央先生、友達ほとんどいないし。そのときは、どうやって私がくっつけたか、思う存分語らなくっちゃ。やっぱりまずは、去年はじめて私がお二人と一緒に事件の調査をした、『ナイトミュージアム事件』ですかね」

「ああ、そんな事件あったな。青い血をした男が、博物館にある恐竜の全身骨格に、足を食いちぎられたとしか思えない状態で救急搬送されてきたやつだろ」

一年ほど前にかかわった不可思議な事件が、脳裏に蘇《よみがえ》る。

「あと、やっぱり、『火焔《かえん》の凶器』の事件は外せないですよね。なんと言っても、私は小鳥先生の命を救ったんですから。ほかには、『幻影の手術室』と『魔弾の射手』……。いやあ、迷うなあ。友人代表のスピーチって大変なんですね」

「そんなことには絶対にならないから安心しろ」

強い疲労感に僕は肩を落とす。

「なんでですか？　未来は未定なんですよ。そもそも、鷹央先生のなにが問題だって言うんですか？」

「キャラ」

僕が即答すると、鴻ノ池の頬が引きつった。その隙を逃さず、僕は畳みかける。

「ただでさえ、天上天下唯我《ゆいが》独尊《どくそん》のあの人に振り回されて、胃が痛くなるほど苦労しているんだぞ。万が一、付き合ったりしたら、まちがいなく胃に穴が開く」

「胃《い》穿孔《せんこう》なら手術が必要ですね。大丈夫、もしご希望なら私が執刀しますよ。小鳥先生は術野を見ながら指導して下さい。脊椎《せきつい》麻酔なら、意識を保ったまま手術受けられるし」

「ご希望するわけないだろ！」

鴻ノ池に開腹手術を受けている光景を想像し、背中に冷たい震えが走る。

「冗談は置いといて、まあたしかに鷹央先生、性格はちょっと変わっていますけど……」

「ちょっと？」

「……だいぶ、変わっていますけど、ルックスはかなり良いと思っているんですよね。いつもすっぴんで、髪の毛も寝癖とかついたままですけど、あれは磨けば光りますよ。ダイヤモンドの原石ですよ」

「原石ねえ……」

言われてみれば、たしかに鷹央の顔はどちらかというと整っているような気もする。恋愛対象として見たことがなかったので、あまり意識していなかった。

「そう、原石です。私が磨き上げて、めっちゃ可愛《かわい》く変身させますよ。なんていうか、とっても可憐《かれん》で、食べちゃいたいくらい可愛く」

言葉を切った鴻ノ池は、何か考えるかのように視線を彷徨《さまよ》わせる。

「……そこまでしたら、ちょっとくらい食べちゃってもいいかなぁ？」

鴻ノ池はふたたび口元を拭った。

「お前さ、性癖歪《ゆが》み過ぎじゃね？」

僕がドン引きしていると、鴻ノ池は「ともかく」と両手を合わせる。

「私が責任もって鷹央先生をとびっきりの美少女にしますから、小鳥先生は責任もって鷹央先生と付き合ってください」

「なんの責任だよ」反射的に突っ込む。「そもそも、美少女ってあの人、もう二十八歳だぞ。たしかに見た目は子供っぽいけど、少女って齢《とし》じゃ……」

「あー、そういうこと言うんだ。鷹央先生に言いつけちゃお」

「あ、マジでやめて。あの人、実は年齢をすごく気にしてて、その手の話題に触れると激怒して手を付けられなくなるから」

僕と鴻ノ池はどうでもいい会話を交わしつつ、エレベーターホールに向けて廊下を進み、談話室の前までやってくる。昼は患者と見舞い客たちでにぎわっている空間も、いまは明かりが落とされて閑散としていた。ふと僕は、談話室の奥で岳彦と春枝が身を寄せ合い、肩を震わせていることに気づく。

一人娘が死亡宣告を受け、そしていま、その遺体から臓器を摘出するための手術が行われている。両親の哀《かな》しみは想像を絶するものだろう。

僕と鴻ノ池は口をつぐみ、足音を殺してエレベーターホールにある階段へと向かった。階段をのぼり切り、屋上へとつながる扉を開くと、生温い風が吹き込んできた。

「もう、完全に夏ですねえ」

鴻ノ池が風で膨らんだショートカットの髪を押さえる。僕は「そうだな」と答えつつ、屋上の中心に鎮座する建物を見る。

赤煉瓦《あかれんが》で作られた西洋童話に出てきそうなファンシーな〝家〟。それこそ、統括診断部の部長であり、この天医会総合病院の副院長でもある天久鷹央の自宅だった。

〝家〟の玄関前で僕は鍵《かぎ》を取り出し、錠を開ける。鷹央は寝る前に玄関扉を施錠《せじょう》するが、ここは統括診断部の医局（というか溜《た》まり場）も兼ねている。僕と鴻ノ池はスペアキーを渡されていた。

扉を開けると、室内が間接照明の淡い光に照らされていた。ソファー、パソコンデスク、グランドピアノ、壁掛けの大型テレビと音響セットなどが置かれている部屋には、いたるところに大量の本が積み上げられている。この無数の〝本の樹〟は全て鷹央の蔵書で、もはや室内は〝本の森〟といった不気味な様相を呈している。

「鷹央先生、もう寝ているみたいですね」

鴻ノ池がきょろきょろと部屋を見回す。由佳の病室へ向かったときは、ネットサーフィンをしながらマシュマロを口に放り込んでいた鷹央だが、いまは姿が見えなかった。午後十時半すぎだから当然だろう。彼女は基本、午後十時ちょうどに寝て、午前六時ちょうどに起きるという生活リズムを厳格に守っていて、それがずれると途端に不機嫌になるのだ。

鷹央が自ら起床・就寝時間を破るのは、徹夜で飲み会をするとき、もしくは獲物を追っているときぐらいだ。

『謎《なぞ》』という名の獲物を。

「せっかくだから、ちょっと鷹央先生の寝顔とか見てみます？　きっと可愛いですよ」

鴻ノ池は、部屋の奥にある、鷹央の寝室へと繋がる扉を指さす。

「……あそこ、『勝手に入ったら殺す』って警告されているんだよ」

「私は普通に入れてもらってますよ。この前、ここで飲み会したときとかは、一緒のベッドで寝かせてもらったし」

鴻ノ池は「うらやましいでしょ」と妖《あや》しい流し目をくれる。

「いんや、全然」

間髪入れずに僕が答えると、鴻ノ池は「つまんない」と唇を尖《とが》らせた。

「で、小鳥先生はこれからどうします？　帰りますか？」

鴻ノ池はあご先に指を当てた。

「腎臓の摘出が終わったら、ご遺体を葬儀社がご自宅に運ぶ。それまでここで待機して、お見送りに立ち会うよ。どうせ、三時間ぐらいだからな」

「三時間ですか。ご遺体を綺麗《きれい》にする時間も含めているのに、だいぶ早いですね」

「臓器移植は時間との勝負だからな。それに、もう亡くなっているから普通の手術みたいに麻酔導入とかの前準備もいらない。そろそろ、摘出がはじまっていてもおかしくないな」

僕はソファーに近づくと、倒れこむように座る。朝から救急部で日直業務をしていたので、疲労が血液に乗って全身を循環していた。

「あくまでこれは自己満足だから、鴻ノ池まで付き合う必要はないからな。もう帰って休んでいいぞ」

「いえいえ、私もここで待たせてもらいます。由佳さん、ちゃんと見送りたいんで」

「僕は疲れたから、少し寝るからな」

白衣を脱ぎ、院内携帯をそばのローテーブルに置く。こうしておけば、お見送りの連絡が来たら目が覚めるだろう。

僕はソファーに横たわると、白衣を布《ふ》団《とん》代わりに体に掛けて目を閉じた。すぐに睡魔が襲ってくる。

「あっ、小鳥先生、ちょっとお願いがあるんですけど」

鴻ノ池の声が遠くから聞こえてくる。眠りに落ちかけている僕は、瞼《まぶた》を落としたまま「なんだよ」と答えた。

「先生が眠っている間、ちょっとだけ脱がせて、前鋸筋、触ったりしてもいいですか？」

「いいわけないだろ！」

2

電子音がかすかに鼓膜を揺らす。

目を見開いた僕は、ほとんど無意識にそばのローテーブルで着信音を立てている院内携帯を摑み、『通話』のボタンを押した。

「はい、小鳥遊です」

『葛城です。まもなく、神宮寺さんのお見送りです』

「分かりました。すぐに鴻ノ池と行きます」

通話を終えた僕は大きなあくびをしつつ、腕時計を見る。時刻は午前一時を過ぎたところだった。

この時間に見送りができるということは、臓器摘出は順調に終わったようだ。緩慢な動きでソファーからおりて大きく伸びをすると、こちらをまじまじと見つめている鴻ノ池と視線があった。

「なんだよ？」

「いいえ、寝言とか言いながら熟睡していたのに、院内携帯が鳴った瞬間に起きて、凄いなって」

「まあ、外科医だった時代には、当直で何十回もコールを受けたりしたからな。体が勝手に動くんだよ。それより僕、寝言とか言っていたの？」

「はい、『鷹央、愛しているよ』とか、甘くつぶやいていました」

「一秒でわかる嘘《うそ》をつくんじゃない！」

「あはは、でも、寝言を言っていたのは本当ですよ。なんて言っていたかは内緒です」

　またこいつに弱みを握られたような気がする……。僕は白衣を羽織りながら、大きなため息をつく。

「そんなことより、神宮寺さんのお見送りらしい。一階に行くぞ」

　僕たちは一階までおりると、救急部前の廊下を通る。今夜はウォークインの患者が少ないようで、廊下に置かれている長椅子に、診察を待つ患者の姿は見えなかった。

　夜間出入り口のそばにある警備員室の前を通り、夜勤の警備員に会釈《えしゃく》をして外に出ると、「お疲れ様です、小鳥遊先生」と声をかけられた。見ると、葛城が中年の看護師と立っていた。そのそばには、葬儀社のものらしき車が停まっている。

「腎臓の摘出は問題なく終わったんですか？」

　僕たちが近づいていくと、葛城は大きく頷いた。

「ついさっき、責任者の所沢さんから説明がありました。両腎とも問題なく摘出できて、すでにほかのコーディネーター二名によってそれぞれ、レシピエントのいる病院へと運ばれているらしいです」

「それは良かった」

　そのとき、ふと敷地の端にタクシーが停《と》まっていることに気づく。救急受診をした患者が、帰宅用に呼んだものだろうか？　救急部の前には患者らしき人物の姿は見えなかったけど……。

　軽く首をひねったとき、ガタガタという車輪の音が遠くから近づいてくる。振り返ると夜間出入り口の自動ドアが開き、黒いスーツを着た二人の男がストレッチャーを引いて出てきた。葬儀社の社員だろう。

　ストレッチャーの上には、純白のシーツが人の形に盛り上がっている。僕たちは姿勢を正す。

　ストレッチャーに続いて、お互いを支え合うようにして岳彦と春枝が姿を現した。

　スーツ姿の男たちは、車の後方にある観音開きのドアを開く。男たちに押し込まれたストレッチャーの脚部が自動的に折りたたまれ、設置されているレールに沿って滑るように、由佳の遺体が車内へと移動していった。

「担当させていただく、三好《みよし》と申します。あとのことはお任せください」

　若い葬儀社の社員が慇懃に言う。葛城は「よろしくお願いいたします」と答えたあと、白衣のポケットから封筒を取り出して、岳彦たちに近づいた。

「このたびは誠にご愁傷さまでした。こちらが死亡診断書になります」

「先生がたには……、由佳が本当に……お世話になりました」

封筒を受け取った岳彦は震える声を絞り出すと、口を固く結んだ。そうしなければ喉から嗚咽が漏れてしまうのだろう。

葬儀社の社員に促され、岳彦と春枝が車に乗った。

車が発進すると僕たちは全員、その姿が見えなくなるまでつむじが見えるほどに深々と頭を下げ続ける。数十秒して、顔を上げる。これでやるべきことは全て終わった。あとは由佳が遺《のこ》した臓器が無事にレシピエントに移植されること、それにより一人娘を亡くした夫婦の哀しみが少しでも癒《いや》されることを祈るだけだ。

「よし、鴻ノ池、行くぞ」

声をかけると、鴻ノ池は「はい！」と元気よく答えた。

「こんな時間ですけど、小鳥先生はこれからどうするんですか？」

「どうするって、帰るに決まっているだろ。明日は休みだから、ゆっくり眠って、明日の予定に備えるよ」

「予定？」

「気になっている海外ドラマが配信されたから、それを一日かけて見ようかと思っているんだよ」

「え!?　一人でですか？」

　鴻ノ池は芝居じみた仕草で、両手で口元を覆う。

「……悪いか？」

「いや、悪くはないですよ。うん、全然悪くはありません。ただ、せっかくの休日に一人で海外ドラマをマラソンって、寂しいと言うか、わびしいと言うか、虚《むな》しいと言うか……」

「ほっとけ！　泣くぞ！」

　本当に泣くぞ！

「あ、そうだ。いいこと思いついた」

　鴻ノ池は胸の前で手を合わせた。

「絶対に『いいこと』ではないと思うけど、とりあえず言ってみろ」

「鷹央先生の〝家〟でその海外ドラマ、一緒に見ましょうよ。あの大スクリーンで見た方が迫力あるでしょ」

「断る！」

「なんでですか。寂しい小鳥先生のために、こんな可愛い研修医が一肌脱いであげようと思っているのに」

「可愛い？」

「……なんですか、その反応。私、それなりに可愛いでしょ。同期の研修医とか、少し上の先生たちからよくアプローチされているんですよ」

たしかに客観的に見れば、鴻ノ池は優秀な研修医だし、健康的な魅力にあふれた女性なのだろう。かなり熱心に口説いているドクターがいるという噂も聞いている。

けどなあ……。鴻ノ池と知り合ってからの一年間で、からかわれ続け、さらにはこいつの合気道で何度か投げられた経験が、走馬灯のように脳裏をよぎる。

「ただ、口説いてくる人たち、みんな体がいまいちなんですよね。もっとこう筋肉を好きなだけ愛《め》でられる、アーノルド・シュワルツェネッガーみたいな人、いませんかね」

「病院にターミネーターがいたら嫌だろ。なんにしろ、僕は帰る」

「えー、そんなこと言わないで下さいよ。連絡受けて慌てて家を飛び出したから、しっかり夕飯食べてないんですよ。なんか、深夜でも届けてくれる美味《おい》しくて高いものでも出前とってくださいよ。あ、せっかく明日休みだから、お酒も飲みましょ。近くに二十四時間開いている酒屋さんあるし」

「たかりたいだけじゃないか」

呆《あき》れ声を出すと、鴻ノ池は「そうですよ。それの何が悪いんですか」と開きなおった。

「研修医の給料は安いんです。先輩が奢《おご》ってくれるのが当然じゃないですか」

「鷹央先生の寝室はかなりしっかり防音されているらしいけど、夜に海外ドラマなんか見たら起こしちゃうだろ。あの人、寝起きめちゃくちゃ不機嫌なんだぞ」

「じゃあ、海外ドラマとかいいから、なんか奢って下さい。お腹《なか》すいた。お腹すきましたー！」

餌《えさ》をねだる雛鳥《ひなどり》のように騒ぎはじめた鴻ノ池に辟易《へきえき》した僕は、「分かったよ。どこか飯屋に連れて行ってやればいいんだろ」と投げやりに言った。

「わーい、それでこそ小鳥先生。待って下さい。いますぐ、この近くのまだ開いているお店で、一番高いところを探しますから」

「少しは遠慮しろ！　いいから、とりあえず〝家〟に戻るぞ」

鴻ノ池に声をかけて戻ろうとすると、夜間出入り口の自動ドアが開き、中年の女性が飛び出してきた。今回の臓器移植を指揮している移植コーディネーターの所沢だった。

息を切らせながら周囲を見回した所沢は、敷地の隅に停車しているタクシーを見て、小さな悲鳴を漏らす。ただならぬ様子に、僕と鴻ノ池は顔を見合わせたあと、「どうしました？」と彼女に声をかけた。

「コーディネーターが、コーディネーターがいないんです！」

彼女は上ずった声で言う。

「いや、コーディネーターはあなたでは？」

僕が戸惑うと、所沢は苛立《いらだ》たしげにかぶりを振った。

「私のことじゃありません！　臓器を、腎臓を搬送しているはずのコーディネーターがいなくなっているんです！」

「どういうことですか⁉」

異常事態に気づき、僕は前のめりになる。

「摘出された腎臓はそれぞれ、二人のコーディネーターによってタクシーでレシピエントが待っている病院に搬送されるはずでした。けれど、先に摘出した腎臓を運ぶはずのコーディネーターと連絡が取れなくなっているんです！」

「あのタクシーはそのコーディネーターが乗るはずのタクシーだったんですか⁉」

僕がタクシーを指さすと、所沢は「そうですそうです」とせわしなく何度も頷いた。

「違うタクシーに乗ったということは？」

「あり得ません！　ちょっとしたトラブルがあって、急遽《きゅうきょ》、搬送担当になった職員ですが、これまで何度も移植臓器を運んできたベテランです。あのタクシーに乗ることも、しっかりと確認していました。そもそも、携帯に電話をしても出ないのはおかしいです！」

所沢は早口でまくしたてる。

ということは、本当に行方不明になっているのか。移植は時間との勝負だ。なんとか早く見つけなければ。

「まさか、また臓器強盗が……。そんなことにならないように、病院にタクシーを待機させていたのに……」

所沢が震え声でつぶやくのを聞きながら、僕は最近、世間を騒がせているニュースを思い出す。最初の事件は、二ヶ月前、東海道新幹線の車内で起こった。移植用の心臓を搬送していたコーディネーターが何者かに襲われ、レシピエントに届けるはずの臓器が盗まれたのだ。

そして、その一ヶ月後には肺、先々週には肝臓と、立て続けに脳死ドナーから摘出された臓器が、搬送中に強盗に遭い、奪われるという事件が起こっていた。

この病院で臓器強奪事件が……？

パニックになりそうな気持を押さえこんで、僕は必死にいますべきことを考える。

「臓器が摘出されたのは何時頃ですか？　そのコーディネーターはどこに向かうはずだったんですか？」

「摘出は一時間ほど前です。行先は南港医大練馬病院でした」

摘出チームを編成してくれた病院か。練馬にあるあの病院なら、急げば三十分ほどで到着するはずだ。いま臓器を見つけてすぐに向かわせれば、問題なく移植は可能だ。

「鴻ノ池、警備員室に行け！　そのコーディネーターを見ていないか訊《き》くんだ。それが終わったら、院内と敷地を探させろ」

「え？　探すって……？」

状況についていけないのか、鴻ノ池は目を白黒させる。

「タクシーに乗っていないということは、コーディネーターが臓器をもってまだこの病院にいる可能性がある。それを探すんだ」

「は、はい！　分かりました！」

　これまで何度かともに修羅場を経験しただけあって、鴻ノ池はすぐに混乱から回復し、素早く警備員室に向かった。

　僕は所沢に、「電話をかけ続けてみて下さい」と指示をして、外を歩きはじめる。

　行方不明のコーディネーターがどこに消えたのか、まったく見当もつかない。もしかしたら、たんなる行き違いで、違うタクシーに乗り込んでしまっただけなのかもしれない。

　いや、そんなはずないか……。僕は口を固く結ぶ。

　命のリレーである臓器移植は極めて慎重に計画される。この時間帯は、夜間出入り口からしか病院を出られない。あのタクシーを見逃すはずがないし、どこにタクシーが停まっているかも前もって確認していたと、所沢が言っていた。

　なにかトラブルがあったのだ。想定外の大きなトラブルが。

　それがなんなのか一分一秒でも早く調べ、臓器をレシピエントの元へと届けなくては。

由佳の遺志が無駄にならないようにしなくては。

　薄い外灯の明かりに照らされた敷地を小走りに進んだ僕は、職員用の駐車場へとやってくる。昼はほぼ満杯になるこの駐車場も、いまは当直をしている医師の車がぱらぱらと停まっているだけだった。その中に、僕の愛車であるマツダＣＸ－８の姿も見える。

　こんなところにいるわけがないか。踵《きびす》を返そうとしたとき、ポップミュージックがかすかに鼓膜を揺らした。僕は目を見開くと、耳を澄ましてその音の源を探る。

　僕の車の陰から、その音は響いていた。

　なにかが起きている。なにか良くないことが。そんな不吉な予感をおぼえつつ、ＣＸ－８の陰を覗《のぞ》き込む。そこに広がっていた光景に、僕は大きく息を呑《の》んだ。

　ＣＸ－８の車体に寄りかかるように、スーツ姿の中年男が倒れていた。そのそばに落ちているスマートフォンから着信音が響いている。

「大丈夫ですか!?」

　駆け寄って声をかけるが、男は全く反応しなかった。その頭からこめかみにかけて、血で濡《ぬ》れていることに気づく。おそらく、何者かに頭を殴られて昏倒《こんとう》しているのだろう。

　まだ周りに襲撃犯がいるかもしれない。僕は身構えると、素早く周囲を確認した。人影は見えない。

　警戒を解くことなくひざまずいた僕は、そっと男の首筋に触れる。指先に頸動脈《けいどうみゃく》の拍動が伝わってきた。胸が上下しているのも見て取れる。

呼吸も循環も保たれている。すぐに蘇生《そせい》が必要な状況じゃない。なら……。

僕はまだポップミュージックを奏でているスマートフォンを拾い上げ、『通話』のアイコンに触れる。

『山形《やまがた》さん！　いまどこにいるの!?』

女性の金切り声が鼓膜に叩きつけられ、僕は顔をしかめる。

「所沢さんですか？　さっき会った医師の小鳥遊です」

『え？　なんで先生が……。これは、山形さんの番号のはずじゃ……』

「山形さんというのは、行方不明の移植コーディネーターですね？」

『は、はい、そうです』

やはりこの男が、由佳の腎臓の搬送を担っていたコーディネーターか。

「彼は、何者かに襲われて職員用駐車場に倒れています。すぐに警察と、日本臓器移植ネットワークに連絡をして下さい」

『倒れて……？　なんで？　臓器は……？』

「それが分からないから、すぐに通報が必要なんです。僕は山形さんを治療する必要があります。どうか落ち着いて、警察への通報と、ネットワークへの連絡をお願いします。できますか？」

諭すような口調でゆっくりと言う。こちらが焦《あせ》っては、パニックに拍車を掛け、適切な対応をとることができなくなる。この一年ほどで何度も修羅場に巻き込まれた経験が、いま取るべき行動を教えてくれる。

『わ、分かりました』

僕は「よろしくお願いします」と言って通話を切ると、すぐに自分のスマートフォンを取り出し、鴻ノ池に電話をした。ワンコールも終わらないうちに回線が繋がった。

『へい、らっしゃい。ご注文はなんでしょう』

「居酒屋か！」

反射的に突っ込んでしまう。

『さすが小鳥先生、いい突っ込みです。警備員に話を聞いたところ、臓器を搬送するコーディネーターが出ていったのは確認したみたいです。ただ、そのあと戻ってきたかどうかは、ずっと受付の窓口にいたわけじゃないから分からないってことでした。いま、警備員と一緒に院内を探しています』

「院内探索はもういい。コーディネーターを見つけた。職員用駐車場で誰かに頭を殴られて昏倒している」

鴻ノ池が息を呑む音が、スマートフォンから聞こえてくる。

「僕一人じゃ、救急部まで運べない。すぐに救急部に行って、夜勤の救急医と一緒にストレッチャーを持ってきてくれ。あと、警備員に指示をして、誰も病院の外に出さないようにしろ」

『はい、喜んで！』

「居酒屋か！」

再び反射的に突っ込んでしまう。

『警察への通報はどうしますか？』

「それはもう頼んだ。まずは救急医とストレッチャーを頼む」

『ラジャー、すぐに行きます』

回線が切れた。鴻ノ池が余計なことを訊かず、すぐに状況を把握してくれたことがありがたかった。

「さて、あと連絡するべきは……」

僕はスマートフォンの通話履歴を探し、目的の連絡先を見つける。ディスプレイには『成瀬《なるせ》刑事』という文字が表示されている。

成瀬はこの地域の所轄署《しょかつしょ》である、田無《たなし》署の刑事だ。これまで、様々な事件に巻き込まれた際に、何度も顔を合わせている。無愛想な男だが、こういうときは顔見知りの刑事がいた方がなにかと話が通りやすい。

僕は『発信』のアイコンに触れる。コール音が響くが、さすがに午前一時を過ぎているだけあって、すぐには出なかった。

　僕はスマートフォンをスピーカーモードにすると、再び辺りを見回す。

　誰が、なんの目的で、臓器を搬送しているコーディネーターを襲ったというのだろう。そして由佳の腎臓はいったいどこに行ったのだろう。低温で保存液に浸《つ》かっているなら、まだまだ移植可能なはずだ。

　地面に伏せ、車体の下を覗き込んだ僕は目を見開く。ＣＸ－８の後方にクーラーボックスが置かれているのが見えた。

　あった！　臓器があった！　所沢さんにこれを渡し、すぐに南港医大練馬病院に運んでもらわなければ。

　僕は倒れている山形に「ちょっと待っていてくださいね」と声をかけると、周囲を警戒しつつ、愛車の後方へと移動していく。

　車止めの向こう側にある植え込みに、無造作に置かれているクーラーボックスが視界に入ってきた瞬間、僕は呆然《ぼうぜん》と立ち尽くす。

『何なんですか、小鳥遊先生。いま何時だと思っているんですか』

　苛立たしげな成瀬の声がスマートフォンから聞こえてきた。

『小鳥遊先生？　聞こえていますか？　こんな時間に叩き起こしてどういうつもりなんですか？』

「……盗まれた」

僕の口からかすれ声が漏れる。

『はい？　盗まれた？　なんの話なんですか？　はっきり言ってください！』

成瀬のがなり声が響きわたる。僕は半開きの口から、必死に言葉を絞り出した。

「移植用の臓器が……、腎臓が強奪されたんです……」

蓋《ふた》が開いたクーラーボックスは空だった。

その中に収められていたはずの腎臓は、命のリレーのバトンは、跡形もなく消え去っていた。

3

「まったく、この病院はどうなっているんですか？」

いやみったらしい成瀬の言葉を、僕は聞き流す。

「殺人事件が起きたり、カルト宗教の信者が襲撃してきたり、挙句の果てには内臓の強盗ですか。いやあ、賑《にぎ》やかで羨《うらや》ましいです」

「……それはどうも」

反論したいところだが、そんな気力もわかなかった。空のクーラーボックスを見つけてから約六時間後、僕は成瀬と並んで病院の一階フロアを歩いていた。

平日は外来を受診する患者でごった返すこの空間も、日曜の早朝だけあって一般人の姿は見えない。その代わり、多くの制服警官や刑事と思われるスーツ姿の男たちが、せわしなくフロアを探索していた。

腕時計を見ると時刻は午前七時八分を指していた。結局、徹夜になってしまった。昨日、救急の日直をこなし、神宮寺由佳を看取《みと》り、さらにその後、倒れていたコーディネーターの治療に参加したうえ、駆け付けた成瀬に事情を説明した。その後、大量の制服警官や刑事が駆け付けたあとは、救急部の外来診察室で事情聴取という名の訊問《じんもん》を、成瀬や他の刑事たちから延々と受け、数えきれないほど同じことを説明させられた。強い疲労と眠気が全身の細胞を冒し、いまにも倒れそうだ。

「そういえば、被害者はどうなりました？」

思い出したように成瀬が訊ねてくる。

「命に別状はありません。もう入院しています。ただ、犯人の手がかりはないと思いますよ。背後から声をかけられ振り返ったら、いきなりフルフェイスヘルメットをかぶった男に殴られたって言っていますから」

幸い、頭蓋骨の骨折も脳内出血も見られなかったが、頬骨《きょうこつ》と眼窩《がんか》底《てい》に骨折が確認された。当分、入院しての治療が必要だろう。

「成瀬さん。腎臓は、まだ見つからないんですよね」

「見つかったように見えますか？」

成瀬はそっけなく、質問に質問で返した。

外来待合の長椅子の下を覗き込んだりしている警官たちを眺めながら、僕は「見えません」と肩を落とす。疲労がさらに強くなる。

「しかし、深夜なのによくこれだけの警官が集まりましたね。てっきり、二、三人、夜勤の刑事が来るだけだと思っていました」

それでは不十分と思ったから、わざわざ個人的に成瀬に連絡を取ったのだ。

「本店がからんでいますからね。あと品川署の刑事たちも出張ってきています」

苦々しげな口調で成瀬が言う。

「本店って……、警視庁⁉　え、なんで品川署が関係あるんですか？　品川なんてずっと遠くじゃないですか」

「品川署に捜査本部が立っているからですよ」

成瀬は吐き捨てるように言った。

「捜査本部……」

つぶやきながら、僕はこの一年で何度か重大事件に巻き込まれた経験から学んだ警察についての知識を思い起こす。

殺人などの重大事件が起きた際は、管轄の所轄署に捜査本部が作られ、警視庁から専門の刑事たちが派遣されて、周辺の警察署の刑事たちとともに捜査に当たる。

「連続臓器強奪事件、ですね」

僕は声を潜めて訊《たず》ねる。成瀬は答えない。その沈黙は肯定に等しかった。

「これも、同一犯による犯行だと？」

「当然でしょう。内臓を盗まれるなんてそう起こることじゃない。それが、この二ヶ月で四件目ですよ。まあ、模倣犯という可能性もゼロではないでしょうけどね」

「ということは、あそこにいるスーツの人たちは、警視庁捜査一課の刑事なんですか」

「本店の捜査一課と、品川署の刑事たちですね。……俺たちのシマで勝手しやがって」

成瀬の舌打ちが弾《はじ》ける。警察の世界にも縄張り意識があり、自分の管轄する地域で起きた事件を、他の所轄署の刑事に捜査されるのは不快なようだ。

「警視庁捜査一課というと、桜井《さくらい》さんもかかわっているんですか」

知り合いの刑事の名前をあげると、成瀬はかぶりを振った。

「桜井さんはかかわっていないですよ。警視庁の捜査一課には二十以上の『班』がありますからね。そもそも、桜井さんが所属しているのは『殺人班』ですから。強盗事件の捜査はしません」

「そうなんですか」

成瀬と違ってかなり頭が柔らかい（というか腹黒い）桜井が捜査に加わっていれば、

なにかと融通が利《き》いて楽だと思ったが、そうは問屋が卸さないらしい。

そのとき、フロアの奥にあるエレベーターが開き、顔見知りの中年外科医があくびまじりに出てきた。おそらく、オンコールで緊急手術にでも呼び出され、オペが終わったので帰宅しようとしているのだろう。

外科医が夜間出入り口から外に出ようとすると、そこに控えていた刑事が「少々お待ちください」と立ちふさがる。

「身体検査にご協力ください」

「身体検査ぁ!?」

外科医の声が高くなる。

「はい、未明にこの病院で事件があったことはご存知でしょう。誠に恐縮ですが、病院から出る方全員に、身体検査をお願いしております」

言葉こそ慇懃《いんぎん》だが、刑事の声には反論を許さない圧があった。外科医は刑事に向かってなにやら数十秒文句を言っていたが、最後には不満げに両手を左右に伸ばして、身体検査を受け入れた。

「ご協力ありがとうございます」

検査を終えた刑事は、つむじが見えるほどに頭を下げる。外科医は不貞腐れたような態度で出ていった。

「出る人、全員に身体検査をするんですか？」

「とりあえず、その予定ですね」成瀬は気怠《けだる》そうに頷《うなず》いた。「まもなく、防犯カメラの解析が終わりますので、それまでは全員に検査をするらしいです。あと見舞客が来ても、全員、病棟まで警官が付き添うことになっています」

「なんでそこまでするんですか？」

成瀬は「必要だからです」と、答えにならない答えを口にするだけだった。

「……僕はまだ帰れないんですよね？」

「帰りたいんですか？」

成瀬が横目で視線を向けてくる。多忙な日直業務を終えたあと徹夜をしたのだから、当然帰宅して泥のように眠りたかった。しかし、由佳の臓器の行方が分からないこの状況で帰るのは、無責任のような気もする。

「とりあえず、屋上に戻って仮眠を取りたいです。さすがに限界なので」

「分かりました。それでは私が付き添いましょう。封鎖されている一階と地下に行かなければ問題ありませんから」

「……もしかして、僕も容疑者なんですか？」

「ええ、そうですよ」

成瀬は「いまごろ気づいたのか？」といった様子であっさりと頷く。

「昨夜、臓器が盗まれた時点でこの病院にいた全員が容疑者です」

「そうですか。まあ、好きに疑ってくださいよ。慣れていますから」

『火焔の凶器』の事件の際、殺人容疑をかけられた経験もある。いまさら警察に疑われたぐらいで動揺などしない。成瀬の態度からしても、本当に僕を疑っている様子はないし。

　成瀬とともにエレベーターを待っていると、扉が開いた。中に乗っていた人物を見て、喉《のど》の奥から「うっ」とうめき声が漏れる。

　若草色の手術着の上にだぼだぼの白衣を雑に羽織った短身痩躯《そうく》、ネコを彷彿《ほうふつ》させる大きな瞳《ひとみ》、軽くウェーブした長い黒髪。統括診断部の部長にして、この天医会総合病院の副院長でもある天久鷹央が、鴻ノ池と一緒にエレベーターにいた。

　普段より、鷹央の目つきが鋭く、髪の寝ぐせが強く、そして手術着の襟が軽くはだけて鎖骨が露《あら》わになっているのを見て、頭の中でアラーム音が鳴り響く。これは寝起きで、しかもかなり機嫌が悪いときの鷹央だ。年下の上司がこのようなオーラを纏《まと》っているときは、どんな理不尽な八つ当たりをされるか分かったものではない。

「ほら、鷹央先生、なんか手術着が乱れてセクシーになっちゃってますよ」

　鴻ノ池に手術着と白衣の乱れを直してもらいながら、鷹央がエレベーターから降りてくる。僕は回れ右してその場から逃げ出したいという衝動を、必死に抑え込む。

「おや、天久先生。どうも」

つまらなそうに挨拶《あいさつ》をした成瀬を、鷹央はじろりと睨《にら》み上げる。

「なにが『どうも』だ。深夜にやかましいサイレン音を響かせて、しかもずっと回転灯をちかちか光らせやがって。おかげでよく眠れなかっただろ。そのせいで、起きる時間まで狂っちまった」

鷹央は視覚、聴覚ともにかなり過敏な傾向がある。寝室はしっかりとした防音構造になっているし、窓には遮光カーテンが付いているが、それでも十数台のパトカーが押しかければ目が覚めてしまうのだろう。

「おや、起きていたんですか。なら、おりてきて下さったら良かったのに。自慢の推理力で先生に事件を解決して頂ければ、すぐにパトカーごと、私たちも退散できましたよ」

成瀬が皮肉で飽和した口調で言うと、鷹央は大きく鼻を鳴らした。

「まあ、たしかに頭蓋骨に筋肉が詰まっているようなお前たちとは違い、私が出てくればすぐに事件は解決できたかもな。それだけ私とお前たちには知能の差がある。もはや、別種の生物といっていいほどの差がな」

成瀬は頬を引きつらせる。反論したいところなのだろうが、実際にこれまで警察では解決できなかった事件の謎を、鷹央に何度も鮮やかに解かれているだけに、切り返せないのだろう。

「ただな、スーパーコンピューターに定期的なメンテナンスと大量の電力が必要なように、私の頭脳にも休息とエネルギーが必要なんだよ。その休息をお前らに邪魔されたんだ。どう落とし前つけるつもりだ」

完全な八つ当たりだが、その矛先が自分ではなく成瀬に向けられていることに安堵《あんど》する。この状態になった鷹央に絡《から》まれると、本当に厄介なのだ。

「落とし前と言われましても、私たちも自分の仕事をしただけですからね」

空腹のヤマネコのような鷹央にさすがに気圧《けお》されたのか、成瀬は軽くのけぞった。

「そもそも、私を呼んだのは小鳥遊先生ですよ」

触らぬ神に祟《たた》りなしと、この場からそっと離れようとしていた僕は、唐突に名を出されて背筋を伸ばす。寝不足のためかクマで縁取られた鷹央の双眸《そうぼう》が僕を捉《とら》えた。

「小鳥……、貴様か。我が眠りを妨げたのは」

「いや、そんな百年ぶりに復活した魔王のようなセリフを言われても……」

僕はあとずさりする。寝起きで、しかも睡眠不足のせいで、もはや祟り神のような迫力を醸し出している鷹央の怒りをいかにして鎮《しず》めるべきか、疲労で動きが鈍くなっている脳を必死に働かせた。

怒れる神の怒りを鎮めるには、……生贄《いけにえ》だ！

「鷹央先生、頭脳には休息とエネルギーが必要だって言いましたよね？」

剣呑《けんのん》な目つきでじりじりと間合いを詰めてくる鷹央に、僕は早口で言う。

「言ったが、それがどうした？」

さらに一歩、鷹央がにじり寄って来た。

「脳のエネルギーといえば糖分、つまりはブドウ糖ですよね」

鷹央の頬がぴくりと震える。

「ああ、その通りだな。脳はエネルギー源として大量のブドウ糖を毎日消費している」

「なら、休息が十分に取れなかった代わりに、今日はエネルギーを多めに脳細胞に与えましょう。そうすれば、きっと頭脳の働きも良くなりますよ」

「……具体的には？」

探るように、鷹央は上目遣いに視線を送ってくる。

「え、えっと……、近くにあるコンビニでなにか適当にスイーツでも……」

鷹央の目つきに鋭さが戻っていくことに気づき、僕は慌《あわ》てて胸の前で両手を振る。

「じゃなくて、ケーキにしましょう。専門店のケーキ」

「専門店ってどこだ？」

「……『アフタヌーン』でどうですか？　開店時間になったら買ってきますよ」

『アフタヌーン』はここから車で十五分ほどのところにある喫茶店だ。そこの自家製ケーキは鷹央の大好物で、彼女の怒りを抑え込むための最終兵器だった。

「アフタヌーン！」

鷹央は顔がぱっと輝く。

「いま、『アフタヌーン』って言ったな！　武士に二言はないだろうな！」

「いや、僕は武士でなくて医者……」

「ごちゃごちゃ言ってないで、開店時間になったらすぐに買って来いよ。オリジナルスペシャルチーズケーキな！　いや、それより特製モンブランの方が……」

腕を組んで考え込んだ鷹央を見て、僕は一息つく。『アフタヌーン』まで買いに行くのは手間がかかるし、あそこのケーキは手が込んでいるだけあってかなり高いのだが、睡眠不足で手負いのトラのように気が立っている鷹央を落ち着かせるためには仕方がないだろう。

「さすがは猛獣使いですね」

近づいてきた鴻ノ池が耳元で囁《ささや》いてくる。

「今日はヤバかった。本当に喰い殺されるかと思った」

「うん、やっぱり季節のフルーツショートケーキにしよう！」

さんざん悩んだ挙句、ケーキを決めた鷹央は、きょろきょろと周囲に視線を這《は》わせはじめた。

「なるほど、連続臓器強奪事件と同一犯と考えているんだな。そして、まだ犯人も臓器も見つかっていない。で、お前たちはこの病院内に腎臓《じんぞう》があると考えている」

「……なんでそう思うんですか？」

成瀬の声に警戒が滲《にじ》んだ。

「なんで？　そんなの当然だろ。コーディネーターが襲われ、移植用の臓器が盗まれたことは舞から聞いた。そして、ここで繰り広げられている光景を見れば一目瞭然《りょうぜん》だ」

鷹央はフロアを必死に探索している警官たちを指さす。

「夜のうちにこれだけの警官を動員するのは所轄署には難しい。すでに捜査本部が立ち、大規模な捜査が行われていたということだ。そんな大きな事件で、今回の件と関係があるとなると、最近世間を騒がせている連続臓器強奪事件に決まっている」

「臓器が見つかっていなくて、それがこの病院内にあると考えた理由は？」

「おいおい、なに言ってるんだ」

鷹央は大きく両手を広げる。

「警官たちがあんなに血眼になって、汗水たらして探しているんだぞ。たんに犯人の手がかりを探すだけなら鑑識の仕事だし、痕跡《こんせき》を消したりしないよう、もっと慎重にやるはずだ。つまり、奴らはいま、できるだけ早く腎臓を探し出そうとしている。あそこまで必死になっているということは、まだ臓器は院内にあるという何らかの確証を得ているんだ」

鷹央は顔の横で左手の人差し指を立てた。成瀬は渋い顔で黙りこむ。その態度は、鷹央の推理が完璧《かんぺき》に当たっていることを如実《にょじつ》に物語っていた。

「なんで院内にまだ腎臓があると思っているんでしょう？」

鴻ノ池が小首をかしげる。

「防犯カメラの映像だろうな」

鷹央は高い天井に取り付けられているドーム形の防犯カメラを指さした。

「この病院にはフロアや出入り口に防犯カメラが設置されている。警察はそれを確認し、犯人が奪った臓器をもってこの病院に入り、そしてどこかに置いて出ていったことを確認したんじゃないか。な、そうだろ」

鷹央が水を向けるが、成瀬は渋い表情で口をつぐみ続ける。

「臓器を院内に置いていったって、なんで犯人はそんなことを？」

鴻ノ池がやや垂れ気味の目をしばたたいた。

鷹央は「ふむ」と鼻の頭を掻く。

「犯人の行動を想像してみろ。たしか、殴られたコーディネーターは犯人はフルフェイスヘルメットをかぶっていたと言っているんだよな。普通、そんな格好をしていたら完全に不審者だ。しかし、ヘルメットで顔を隠していても全く不自然じゃないケースがある」

「バイクに乗ってるときですね。私もバイクに乗るときは念のため、フルフェイスヘルメットにしています」

鴻ノ池が大きく頷く。

いや、念のためじゃなく、お前は絶対にフルフェイスヘルメットが必要だ……。『火焔の凶器』事件の際、鴻ノ池の運転するバイクに二人乗りしたとき、そのあまりにも荒い走行に何度も振り落とされそうになった恐ろしい記憶がフラッシュバックし、僕は身を震わせた。

「そうだ。犯人はバイクでこの病院に侵入し、そしてコーディネーターを襲って腎臓を奪った。しかし、それを自分で搬送することなく、おそらくはこの病院のどこかに隠したんだ」

「なんで隠す必要があったんですか？　腎臓が目的なら、そのまま奪ってバイクで逃げればいいじゃないですか」

僕が訊ねると、鷹央は横目で視線を送ってくる。

「車と違ってバイクの収納スペースは極めて小さい。病院の敷地の出入り口には、警備員の詰所がある。病院から出るときに、警備員に気づかれるかもしれないと危惧《きぐ》したんだろうな」

「けど、座席の下とかにある程度のスペースならありますよ。私、ツーリングするときはいつもライダースーツ着ているから、小物はそこに入れています」

鴻ノ池が手を挙げる。

「腎臓を隠すだけなら、そのスペースで十分だったのかもしれない。ただ、低温を維持するとしたら、それだけではだめだ。特別な容器などが必要になる」

「低温を維持って……」

声が震えてしまう。

「当然、移植できる状態を維持するということだな。連続臓器強奪事件には、違法な臓器移植を行っている組織がかかわっている。警察はそう見ているんだろ？」

話を振られた成瀬は、「さあ、なんのことでしょう」と、感情のこもっていない声で答える。

「しらを切ったって無駄だ。あいつらの必死な様子を見ていたら分かる。臓器は違法に移植されるために盗まれた。そして、いま発見されたらまだレシピエントに移植可能かもしれない。そう考えているからこそ、警察は深夜にもかかわらず大量の警官を動員して探索しているんだ」

鷹央は皮肉っぽく、桜色の唇の端を上げる。

「すでに三回も臓器を奪われているにもかかわらず、犯人を逮捕できていない。そして、その三回で本来移植を受けるはずだった患者は臓器を受け取ることができず、そのうちの二人は命を落としているはずだ。天下の警視庁の面子《メンツ》が丸潰《まるつぶ》れだ。だからこそ、まずはなんとか腎臓を見つけて、臓器移植を成功させたい。そうだろ？」

成瀬の鼻の付け根に深いしわが寄る。おそらく、図星を突かれたのだろう。

「でも、それっておかしくないですか？」

鴻ノ池が首を傾けた。

「臓器を強奪しての違法な移植が目的なら、なおさらまだ院内にあるわけないと思うんですけど。少しでも早く移植手術をするために、どうにかして腎臓を持ち出しているんじゃないですか」

「ああ、普通に考えたらそうだろうな。ただ、院内にいる何者かが回収して運び出す予定だったが、思いのほか早く事件が発覚して警察が駆け付けたので、それができなかったとも考えられる」

鷹央はあごを引く。

「警察が逃げた犯人の捜索ではなく、院内の探索に力を入れているところを見ると、まだこの建物内に臓器が隠されているという確信があるんだ。閉鎖をして、徹底的に探している一階か地下にな」

「犯人が奪った腎臓を手に、一階を通って地下に移動した映像が残っていたということですか？」

「ああ、その間に持っていた腎臓が消えていたんだろう。そこから警察が駆け付けて封鎖する間に、そこから他の階に移動した者はいなかった。そして、その間に一階もしくは地下にいた者の身体検査でもなにも出なかった。そうだろ？」

再び水を向けられた成瀬は十数秒、渋い表情で黙り込んだあと、渋々といった様子で口を開く。

「もし、『そうです』と認めたら、いま臓器がどこにあるか言い当てられるんですか？」

「無茶言うなよ。私はお前らより遥《はる》かに知能は高いが、千里眼というわけじゃない。それだけの情報で場所が分かるわけがないだろ」

鷹央は大きく手を振ると、「ただ」と付け加える。

「もし、院内から持ち出されたとしたら、まず探すべき場所があるぞ」

「それはどこですか？」

成瀬の声に期待がこもる。

「ドナーとなった女、たしか神宮寺由佳だったかな。そいつの家だ」

「どうして神宮寺さんの家に？　彼女から腎臓が摘出されたのは間違いないんですよ」

僕が質問すると、鷹央はすっと目を細める。

「お前な、こんな簡単なことも分からないのか？　お前も成瀬たちと同じで、『脳みそが筋肉』のタイプなのか？」

「昨日から一睡もしていないんですよ。鷹央先生も言っていたでしょ。脳には休息とエネルギーが必要だって」

言い返すと、鷹央は「まあ、そりゃそうだ」とつぶやいた。自分が睡眠不足で文句を言ったばかりなので、さすがに強くは言えないらしい。

気を取り直すように、鷹央は小さく咳《せき》ばらいをする。

「神宮寺由佳の体内に腎臓が残っているわけじゃない。コーディネーターが殴られてから、警察が駆け付けるまでに病院から出ていったのは、神宮寺由佳の両親と、その遺体の搬送を担《にな》った葬儀社の社員だけだ」

「もしかして、神宮寺さんのご遺体を運んだ葬儀社の車に、臓器が乗っていたっていうんですか!?」

僕が驚きの声をあげると、鷹央はかるくかぶりを振る。

「あくまで、その可能性も十分にあると言っているだけだ。遺族と葬儀社の社員はボディチェックなしで院外に出られた最後の集団なんだからな」

「それが、先生の推理ですか」

説明を聞き終えた成瀬は、わざとらしく大きなため息をつく。

「そんな単純なこと、我々が気づかないとでも思っているのですか？　舐《な》めないで下さいよ。いの一番に対処していますよ」

「神宮寺さんの家を調べたということですか？」

僕の質問に、成瀬は「当たり前でしょう」と鼻を鳴らす。

「葬儀社の車が着く前に神宮寺家に刑事が駆け付けて、両親の許可を得て車の中を徹底的に探しました。けれど、腎臓なんてどこにもありませんでしたよ」

鷹央が、「途中で誰かに渡した可能性は？」と口をはさむ。

「ドライブレコーダーをチェックしました。そんな痕跡はなかったということです」

まだ事件が発覚してから六時間ほどしか経《た》っていないのに、すでにドライブレコーダーまで確認しているのか。警察がいかに本腰を入れてこの事件にかかわっているかが伝わってくる。

「なるほどな。だとしたら、葬儀社の車で運ばれたのではなかったのか」

「間違いを認めるんですか」

成瀬が挑発的に言うが、鷹央は気にするそぶりを見せず、虫でも追い払うように手を振った。

「脳筋には分からないだろうけどな、『謎』を解くためには、最初に多くの仮説を立て、それを一つ一つ検証していく作業が必要なんだよ。『全《すべ》ての不可能を除外して最後に残ったものが、如何《いか》に奇妙なことであっても、それが真実となる』と過去の偉人も言っている」

「その偉人って、シャーロック・ホームズですよね」

僕の指摘に、鷹央の目つきが鋭くなった。

「なんか文句あるのか？　ホームズが偉人でないなんて言うつもりじゃないだろうな。世界で最も有名な名探偵だぞ。もはや、名探偵の代名詞と言ってもいい偉大な存在だ。特に『バスカヴィル家の犬』でのホームズの活躍は……」

「偉人です。間違いなく偉人です。なんら異論ありません」

早口でまくし立てられた僕は慌てて胸の前で手を振る。下手をすると、このまま鷹央の『名探偵論』を正座で聞かされる羽目になる。

鷹央は僕を睨みつけたまま、「分かればいい」と低い声でつぶやいた。『アフタヌーン』のケーキを捧げるという約束で少しは機嫌が回復したが、睡眠不足で虫の居所が悪いのは変わっていない。さっさと、ケーキを買ってきて、生クリームで怒りを塗りつぶさなければ。

「なら、他の仮説というのを教えてもらえますかね？　こちらで検証しますから」

成瀬がいやみたらしく訊ねてくる。

「検証ならいまやっているだろ」

鷹央はあごをしゃくった。

「さっき言った、臓器を持ち出すことに失敗し、まだ院内にあるというのが『他の仮説』だ。まずは徹底的に探してくれ。警察は体を動かすのは得意だろ。頭の方はいまいちでも」

わざわざ余計なことをつけたしたせいで、成瀬の顔が紅潮してくる。

「天久先生の『いまいちでない頭』で考えつく仮説は、その二つだけなんですか？　それじゃあ俺たちと一緒じゃないですか」

めずらしく成瀬にうまく切り返され、鷹央の目つきが険しくなる。

「まずはあり得そうな仮説を潰していくのが大切なんだよ。診断学でも、最初はコモンディジーズと呼ばれるありふれた疾患から鑑別していき、それらに当てはまらなかった場合、初めて稀少《きしょう》疾患を疑い……」

そこまで言ったところで、鷹央の腹からぐぅーという大きな音が響いた。

鷹央はあごを引いて自分の腹部を見下ろす。

「小鳥、舞、とりあえず〝家〟に戻るぞ。七時半、朝食の時間だ」

外来待合に置かれている大きな置時計に視線を向けると、針はちょうど七時半を指していた。

めちゃくちゃ正確な腹時計だな……。

「待ってくださいよ。ここで放り出していくんですか？」

ボタンを押してエレベーターを呼ぶ鷹央の背中に、成瀬が慌てて声をかける。鷹央は首だけ振り返ると、いやらしく目を細めた。

「放り出す？　なんのことだ？　いつ私は警察から正式に捜査依頼を受けたんだ？」

成瀬は「うっ」と言葉に詰まる。

「もし私の助言が欲しいなら、ちゃんとそう言え。そうしたら、知恵を貸してやるのもやぶさかでない。どうする？」

成瀬の顔に激しい逡巡《しゅんじゅん》が浮かぶ。刑事のプライドが一般人である鷹央に捜査協力を頼むことを許さないのだろう。

「まあ、ゆっくり考えてくれ。私は屋上にいるから、病院の探索が終わったら結果を教えろ。もし見つからなかったら、次に可能性の高い『仮説』を教えてやる」


エレベーターの扉が開く。鷹央に続き、僕と鴻ノ池もエレベーターに乗った。

屋上に行き、鷹央の〝家〟に入ると、鴻ノ池が「あっ、私、ごはん用意しますね」と言って、奥にあるキッチンへと入っていく。

「おう、頼む。今日は睡眠不足で胃の調子がいまいちだから、和食がいいな」

「和風カレーですね。了解です。三人分作りますね」

キッチンからはきはきとした声が返ってくる。とんでもない偏食の鷹央は、基本的にカレー、もしくは甘味しか口にしない。ここにある食事といえば、レトルトのカレーか菓子類だけだった。

　飛び込むようにソファーに座った鷹央に、僕は「ちょっといいですか？」と声をかける。

「どうした、そんな深刻な顔して。和風カレーじゃない方がよかったか？　別にお前は違うの食べてもいいぞ。欧風カレーもインドカレーも、なんだったらスープカレーも……」

「いいえ、カレーの種類じゃなくて内臓の話です」

「モツカレーはないなあ」

「だから、カレーの話じゃないんです。盗まれた腎臓の件ですよ」

「ああ、なんだそっちか」

　つまらなそうに鷹央は後頭部で両手を組んだ。

「そっちかって。早く臓器を見つけないと……」

「見つけないとなんだ？」

　遮るように問われ、僕は言葉に詰まる。

「早く臓器を見つけないと、レシピエントへ移植できない。もしかして、そう言いたいのか？」

「……はい」

僕はあごを引く。鷹央はふぅと息を吐く。

「お前の気持ちは分からなくはない。救急で治療に当たったが、助けられなかった患者だからな。その遺志にこたえるため、なんとかその臓器を必要とする患者に届けたいんだな」

「はい……、そうです」

「なあ、小鳥。神宮寺由佳の体から腎臓が摘出されたのはいつ頃だ？」

鷹央が静かに訊ねてくる。

「今日の……、午前○時半ぐらいです」

「いまは七時三十八分だ。すでに摘出後、七時間が経過している。腎臓にかんしては移植可能な阻血時間は比較的長く、二十四時間ほどとされている。しかし、それはあくまで適切に管理されていればだ。それは分かるな」

鷹央に諭すように声をかけられた僕は、「分かります」と、やけに摩擦係数の高い言葉を喉の奥から絞り出す。

「どのように管理されていたか分からない腎臓を、もはや移植に使うのは難しい。移植手術をしたのに腎臓が機能せず壊死《えし》をしたりすれば、レシピエントに危険が及ぶ。警察は必死に探しているが、たとえ見つかったとしても、それを移植に使うことはできない。

特に、透析さえしていれば長期生存が可能な、腎不全という疾患に対してはな」

「……はい」

僕は奥歯を食いしばりながら、あごを引いた。

「残念だな」

鷹央にいたわられた僕は、弱々しい笑みを浮かべた。

生まれつきの性質として、鷹央は他人の気持ちを慮《おもんぱか》ることを極めて苦手としている。その彼女が、僕の気持ちを汲《く》み取ってくれることが嬉《うれ》しかった。

僕が内科医として成長すると同時に、彼女も人として成長しているのだろう。由佳の遺志が踏みにじられて落胆する気持ちを、鷹央の変化が少しだけ慰めてくれた。

「できましたよー」

明るい声をあげながら、鴻ノ池がキッチンから出てくる。その左手と前腕でカレーライスが盛られた皿を持ち、右手には水が満たされたコップが三つ置かれた盆が、絶妙のバランスで乗っていた。

「お前、すごいな……」

本気で感心すると、鴻ノ池は得意げに胸を張った。

「昔、ファミレスとか居酒屋でバイトしていましたから」

〝本の樹〟の間を滑るように移動してきた鴻ノ池は、ソファーの前に置かれたローテーブルに器用に皿とコップを並べていく。食欲を誘うスパイスの香りが鼻先をかすめた。

「おお、うまそうだ」

　鷹央がスプーンを手にして、カレーに突き刺そうとする。

「鷹央先生、『いただきます』は」

　僕が隣に座りつつ言うと、鷹央は唇を尖《とが》らせつつも、素直に「いただきます」と両手を合わせた。

「いいですね、そういう家庭的なやり取り。なんか、夫婦って感じ」

「どう考えても『親子』の会話だと思うんだが……」

「またまた、照れちゃって」

　右隣に腰掛けてきた鴻ノ池が、肘《ひじ》でわき腹をつついてくる。相手にするのが面倒になって、僕はスプーンを手に取った。カレーをすくい口に運ぶ。柔らかい辛みとともに、和風だしの甘味が口の中に優しく広がった。

　ルーと白米を掻き込んだ鷹央は、「いやあ、滲《し》みる。やっぱり朝は和食だな」と満足げにつぶやく。

　和食……、まあ、和食なのか……？

　睡眠不足で重い頭で悩みながらカレーを食《は》んでいると、鴻ノ池が「ところで、鷹央先生」と声をあげた。

「これ食べ終わったら、警察に協力するんですか？」

「んにゃ、そんなことしないぞ」

　興味なさげに鷹央は答える。

「マンパワーを使って隅々まで探索するのは警察の十八番だ。そっちは専門家に任せておけばいいさ。そもそも、あいつら野生動物みたいに縄張り本能が強いから、私たちが手伝おうと言っても断られるだろ」

「そっかー。由佳さんのためにも、なにか協力したかったんですけど……。体動かすのは得意だし、宝さがしとかも好きなんですよ」

「お前、元気だな……。お前も徹夜だろ」

　僕が声をかけると、鴻ノ池はおどけるように力こぶを作る。

「昨日の夜、連絡受けて由佳さんの病室に行く前まで、部屋でごろごろしていましたから。それに、若いですし。二十五歳！」

「四捨五入したら三十路《みそじ》のくせに……」

　口の中でぼそりとつぶやくと、鴻ノ池は笑顔のまま再び肘打ちしてきた。今度は的確に肝臓を抉《えぐ》られ、思わずむせてしまう。

「あれ、小鳥先生、どうしました？　ほら、お水飲んで」

　笑顔でコップを差し出してくる鴻ノ池の目が、全く笑っていないことに気づき、僕は

「いや、若い。たしかに若いよ」と身を引いてしまう。ここでおかしなことを言ったら、間違いなく「手が滑った」とか言って、水をぶっかけられる。

「まあ、まずは警察に好きなだけ探させてやるさ。それで見つからなければ、『仮説』を教えてやるよ」

受け取った水を飲んでいると、鷹央がカレーを咀嚼《そしやく》しながら言った。鴻ノ池は鷹央を見つめる。

「なんか、鷹央先生、あまり興味ないみたいですね。臓器が盗まれたなんて異常な事件、もっと積極的に調べにいくと思ったのに」

「別に異常なんてないさ」

鷹央は左手を振る。持っていたスプーンからカレーのルーが飛び、僕の頬に付いた。

「熱っ！　スプーンを振り回さないでくださいよ」

僕の抗議に、鷹央は聞こえないふりを決め込む。

「たしかに連続して内臓が盗まれたとだけ聞けば、かなり猟奇的な事件に聞こえる。しかし、それが移植用の臓器だとなったら話は別だ」

「どう別なんですか？」

鴻ノ池は小首をかしげた。

「目的がはっきりしているだろ。臓器を盗み、違法な移植手術を行うって。連続して臓器が盗まれたという事件なら、なんのためにそれを行ったかという『謎』が魅力的だ。ワイダニットというやつだな。しかし、今回はその『Ｗｈｙ』の部分に最初から答えが出ている」

「言われてみればそうですね」

鴻ノ池はあご先に指を当てた。

「けど、本当に臓器を盗んで違法な移植手術をする組織なんて存在するんですか？　なんか、フィクションの中でしか聞かないんですけど」

僕が訊ねると、鷹央は肩をすくめた。

「十分にあり得るさ。海外では違法な臓器移植が行われた例なんて、いくらでもある。そのノウハウを持った犯罪組織が日本で商売をはじめたのかもしれない。日本は商売にうってつけだからな」

「うってつけ？」

意味が分からず聞き返すと、鷹央はこめかみを掻いた。

「先進国の中で、日本は圧倒的に臓器移植の件数が少ない。特に脳死臓器移植はな。それは知っているだろ」

「はい、知っています」

鷹央がなにを言おうとしているかに気づき、僕は頷く。

「今回、神宮寺由佳に行ったような心停止後の臓器摘出では、提供できるのは腎臓、角膜など、限られた組織だけだ。心臓、肺、肝臓などは脳死臓器移植、つまり脳は完全にその機能を不可逆的に失っているが、まだ心臓は動いている状態で行う必要がある。ただ、日本では脳死が『人の死』であるという認識は薄い」

「体が温かい状態で『亡《な》くなった』って言うのは、なかなか抵抗がありますからね」

　鷹央は「そうだな」と静かに言った。

「これは死生観の違いなので、一概に正しいとか間違っているとか言えるものではない。ただ、現実的に日本で脳死判定をするのは、その患者がドナーとなり、脳死臓器移植をするときのみだ。つまり、脳死状態でも日本では基本的に、心臓が停止するまで『死』とはみなさないんだよ。それに対し、欧米などでは脳死が『人の死』として一般に受け入れられ、そしてその状態での臓器提供も特別なこととしてとらえられていない。その認識の差が、臓器移植件数の違いとして如実に表れ、日本国内では移植を待ちながら、そのチャンスが回ってこず、命を落とす患者がとても多い」

　鷹央は一息つくと、ゆっくりとスプーンでカレーをすくい、口に運んだ。

　僕と鴻ノ池は口をつぐむ。なかなかシビアな医療問題に、部屋の空気が重くなる。

「おいおい、そんな暗くなるなよな。一概に悪いことばかりじゃない。脳死臓器移植が少ない代わりに、日本は世界最高レベルの生体臓器移植数を誇る。健康な家族などから肝臓や腎臓を提供してもらって、治療を行うんだ。それ自体は素晴らしいことだ」

「そうですね」

僕は弱々しく頷いた。

「話を戻すと、そのように移植臓器が貴重であればあるほど、大金を得ることができる。警察が睨んでいるように、一連の臓器強奪事件が、違法移植を斡旋している組織の犯行である可能性は高いさ」

「質問です」

鴻ノ池が手を挙げる。

「移植ってたんに健康な臓器があればいいってものじゃないですよね。ＨＬＡとかがある程度一致していないと、拒絶反応で臓器がダメになるでしたっけ」

「ああ、その通りだ。ＨＬＡにより、免疫《めんえき》細胞はそれが『自己』なのか『非自己』なのかを判断し、非自己を攻撃する。だからこそ、ドナー候補が登録されたとき、日本臓器移植ネットワークは病状の緊急性とともに、ＨＬＡがどれだけ一致しているかも、レシピエント選定の参考にしている」

「じゃあ、どうやって臓器を盗んだ組織は、依頼主に移植可能な臓器を見つけているんでしょう？」

「さあな」

鷹央は肩をすくめる。

「一番考えられるのは、日本臓器移植ネットワーク内に協力者がいることだが、それはあまり考えたくないな。もしかしたら、データベースがハッキングされているのかもしれないし、移植を担当する病院に協力者が潜り込んでいるのかもしれない。ただ、それについてはきっと警察が調べているさ。私たちが考えることじゃない」

鷹央は話を切り上げると、ぱくぱくとカレーを食べはじめる。

無限の好奇心を持ち、一度『謎』に食らいつくと、スッポンのように絶対に離さない鷹央だが、今回の事件は琴線に触れなかったようだ。

この人の暴走に付き合わなくて済むのはありがたいが、やはり由佳の遺志を踏みにじられたことが悔しかった。違法移植を行っている組織が本当にあるなら、警察が一日も早く摘発して、もう二度と貴重な臓器が、命のリレーのバトンが盗まれないようにして欲しい。

僕たちがもそもそと食事に集中していると、いきなり勢いよく玄関扉が開いた。その奥に立っている人物を見て、喉の奥からうめき声が漏れてしまう。

白衣を着た体格の良い壮年男性。この病院の院長にして鷹央の叔父である、天久大鷲《おおわし》がそこにいた。

「失礼するぞ」

腹の底に響く声で言いながら、大鷲は〝家〟に入って来る。

「なんの用だ、叔父貴。レディの部屋に入ってくるのにノックもしないとは、原始人か、お前は」

鷹央は大鷲を睨みつける。この病院の院長と副院長の視線が空中で火花を散らした。

この二人にとってお互いは、不倶戴天《ふぐたいてん》の敵だ。病院の経営を安定させてこそ地域医療に貢献できると考えている大鷲と、患者に適切な治療を施すためには診断こそ重要であり、たとえ採算が取れなくても全力で疾患に向き合うべきと考える鷹央は、これまで数えきれないほど衝突してきた。

赤字部門である統括診断部の規模を縮小、可能なら取り潰そうと大鷲は常に画策している。

「ここはお前の〝家〟であると同時に、統括診断部の医局でもある。院長である私が医局に入るのに、ノックなど不要だ」

「屁理屈《へりくつ》言いやがって」

鷹央が吐き捨てると、大鷲は部屋を見回した。

「いつ見ても気味の悪い部屋だな。少しは掃除をしたらどうなんだ」

「この部屋にある本はいつでも読めるように、ちゃんと整理してあるんだよ。掃除は毎週している」

「僕が自主的にしているんですけどね。鷹央先生に任せておくと、なかなかしないから」

僕の指摘に、鷹央は横目で湿った視線を浴びせてくる。

「はいはい、余計なことは言いません」

僕は口にチャックをするように、手を動かす。

「しかも、またレトルトカレーか。内科医ならもう少し、自分の食べ物にも気を使ったらどうだ。相変わらず偏食でカレーと菓子しか食べていないんだろう。お前はほとんど運動をしないんだから、もっとカロリーを抑えた健康的な食事を……」

「うるさいな！　そんなの姉ちゃんに何度も言われているから分かっているよ」

「分かっているなら、食事に気をつけましょうよ。あと、お酒ももう少し控えめにした方がいいですよ」

思わず僕はもう一度口を挟んでしまう。僕を睨む鷹央の目に、危険な色が浮かびはじめた。僕は慌てて両手で口を押さえる。

「お前は、そんなどうでもいいこと言いに来たのか！　用がないならさっさと出てけ！」

大鷲と僕に寄ってたかって生活指導を受けたのが癪《しゃく》にさわったのか、鷹央は声を荒らげた。

「用がないのに、わざわざお前に会いに来るわけがない。未明に起こった事件の件だ」

「ああ？　それが私とどんな関係があるっていうんだよ。言っとくけどな、私はかかわっていないぞ。警察が押しかけているのを私のせいにしたいのなら、それは見当違いだ。なんでそんな発想になるんだよ」

それは鷹央先生がいつも、喜び勇んでおかしな事件に首を突っ込むからでしょ、という言葉が舌先まで出るが、なんとか飲み下す。今度余計なことを言うと、機嫌を直すために、『アフタヌーン』のケーキを二つ奉納するはめになってしまう。

「お前がかかわっていると言いに来たのではない。かかわれと言いに来たんだ」

「どういう意味だ？」

鷹央はいぶかしげに眉《まゆ》をひそめる。

「文字通りの意味だ。お前がかかわれば、事件は早期に解決して警官たちは引き上げる可能性が高い」

「私が事件の捜査をすることをとことん嫌がっていたくせに、どういう風の吹き回しだ」

「お前がおかしなことをした結果、この病院で事件が起きて診療の妨げになることを懸《け》念《ねん》していた。だが、今回はそのような状況ではない。すでに事件が起きて警官が一階と地下に溢《あふ》れかえっている。今日は日曜なので大きな影響はないが、明日になれば予約をしてある外来患者の受診や、地下での様々な検査が予定されている。それが妨げられる事態は避ける必要がある。今日中にあの警官たちを追い払いたい」

「なるほどなるほど。つまり、叔父貴は私に捜査を依頼したいということだな」

鷹央の顔に、どこかいやらしい笑みが広がっていった。

「そうだ」

「仕事を依頼するなら、報酬を提示するのが社会人の常識じゃないか」

鷹央は足を組むと、ソファーの背もたれに背中をあずける。大鷲は「報酬？」と眉を上げた。

「ああ。そうだな、統括診断部の予算と来年度からの病床数を五割増しでどうだ。新しい医局員も入ってくる予定なんで、規模を大きくしたいんだよ」

「統括診断部に入る医局員？　そんなふざけた人間がいるわけ……」

そこまで言ったところで、おずおずと鴻ノ池が手を挙げていることに気づき、大鷲はわずかに唇を歪《ゆが》めた。

「……統括診断部は赤字部門だ。大きな予算増加などできない」

「そうかそうか。それなら仕方がないな。明日以降も警察にフロアを封鎖されたら大混乱になるだろうし、とんでもない損失が出るだろうが、赤字部門の予算を増やすよりましだもんな。いやあ、さすが叔父貴殿、私には理解できない高尚な経営感覚をお持ちだ」

鷹央はにまにまと微笑《ほほえ》みながら、皮肉で飽和したセリフを吐く。普段の鬱憤《うっぷん》をここぞとばかりに晴らしているのだろう。調子に乗り過ぎた鷹央をいさめるのは、部下兼、保護者役である僕の役目なのだが、ここは放っておこう。

統括診断部の予算が増えれば、僕のボーナスも上がるかもしれないし。

鴻ノ池のバイクと僕のＣＸ－８を買ったせいで、貯金がだいぶ心もとなくなっているのだ。

「……予算と病床を二割増加だ」

大鷲が静かに言う。

「交渉決裂だな。いやあ、明日はどんな阿《あ》鼻叫喚《びきょうかん》になるんだろうな。わざわざやって来た患者が、診察や検査を受けられないと知ったら、大変なことになるだろうな。いやあ、怖い怖い」

鷹央は芝居じみた仕草で首を横に振った。大鷲の表情が険しくなる。

「病床は五割増やす。その代わり、予算の増加は三割だ。それで納得しないなら、この話はなかったことになる」

「ふむ、まあその辺りが落としどころか」

鷹央は「よし、依頼を受けてやろう」と鷹揚に頷《うなず》いた。ここまで譲歩するところを見ると、大鷲も鷹央の能力を認めてはいるのだろう。

ただ、この二人、徹底的に気が合わないんだよな。二人とも絶対に自分の意見を曲げないし。……同族嫌悪《けんお》？

僕がそんなことを考えていると、鷹央は虫でも追い払うかのように手を振った。

「ほれ、話が終わったならさっさと出ていってくれ。叔父貴のいかつい顔を見ていると、飯がまずくなる」

「依頼は『今日中の解決』だ。失敗した場合、先ほどの約束は白紙。さらに、統括診断部の予算を大きく削る」

鷹央は軽い調子で「ああ、それでいいぞ」と同意する。

予算を削る？　そんなことになったら、僕のボーナスは？　車のローンは？

僕が「本当に大丈夫なんですか？」と上ずった声で言うと、鷹央はへたくそなウインクをしてきた。

「大丈夫だ。まあ、大船に乗ったつもりでいろって」

「タイタニック号でなければいいがな」

大鷲があてつけるようにつぶやくと、鷹央が前のめりになる。

「『タイタニック』、いい映画だよな！　私はラブストーリーは苦手なんだが、ジェームズ・キャメロンが描き出す、あの圧倒的な映像美にはただただ引き込まれて……」

「知らん」

鷹央の言葉を遮ると、大鷲は玄関から出ていった。

「叔父貴のやつ、珍しく苛《いら》ついていたな」

天敵に完勝した鷹央は、満足げにほくそ笑みながら再びカレーを食べはじめる。

「鷹央先生、あんな約束しちゃって本当に良かったんですかぁ？」

院長と副院長の争いという修羅場に、研修医らしく息を潜めて存在感を消していた鴻ノ池が訊《たず》ねてくる。

「いいに決まっているだろ。まあ、もう少し搾《しぼ》り取りたいところだったが、やり過ぎて完全に交渉決裂したらもったいないからな。こんなの落ちている金を拾うようなものだし」

「え？　もしかして盗まれた腎臓がどこにあるか分かっているんですか？」

「おおよそ見当はついている。当然だろ」

僕と鴻ノ池の「ええ!?」という声が重なる。

「じゃあ、すぐに見つけに行きましょうよ！」

腰を浮かした僕のポロシャツの裾《すそ》を摑《つか》んだ鷹央は、「落ち着けよ」と引っ張って、僕をソファーに戻す。

「いまは食事中だぞ。カレーは冷めたらうまくない。まずは腹ごしらえしてからだ」

「じゃあ、食べたらすぐに探しに行くんですね」

たとえ移植できなかったとしても、由佳の臓器を一刻も早く取り戻したいという思いが、僕を焦《あせ》らせる。

「いいや、探しに行くのはまだまだあとだ。警察の予想通り、まだ院内に隠されている可能性も十分にあるんだよ。私たちが動くのは、警察が徹底的に院内を捜索して、それでも腎臓が見つからなかったときだ。まあ、しつこい奴らだから、なかなか諦《あきら》めないだろ。夕方まではかかるんじゃないか」

「それを待つんですか？」

不満が声に滲んでしまう。

「そりゃそうだろ。もし警察が見つけたら、それで解決だ。奴らは病院から引き揚げ、明日からうちの病院は通常の診療を行える。私たちはなにもしなくても、予算と病床をゲットできるってわけだ。最高じゃないか」

『謎』を追っているときは、オオカミよろしく獲物を捕らえるまで延々と『狩り』を続ける鷹央だが、普段は冬眠中のクマのように動かない。心の琴線に触れない今回の事件を、できるだけ省エネで解決したいという強い意思が、彼女の態度からは滲んでいた。

「べつに待たなくても、同時進行でいいじゃないですか。警察が院内を調べている間に、鷹央先生が予想している場所を探すのはだめなんですか？」

「それは難しいんだよ」

鷹央は皿を持ち上げると、残っていたカレーを一気に搔き込んだ。

『もしかしたら、あるかもしれない』なんていう状態で気軽に探せるような場所じゃないんだ。だから、確度をあげる必要がある。少なくとも院内には隠されていなかったと言えるぐらいにはな」

「じゃあ、夕方までできることはないんですね……」

僕が肩を落とすと、鷹央は「そんなことないぞ！」と力強く言った。

「お前には大切な任務がある。それを忘れるな」

「任務？　なんですか、それは？」

由佳のためにできることがある。その期待に前のめりになると、鷹央は幸せそうに告げた。

「もちろん、『アフタヌーン』のケーキを買ってくることだ」

4

ノックの音が聞こえる。白衣を掛け布団がわりにしてソファーで仮眠をとっていた僕は、重い瞼《まぶた》を上げた。

鷹央と鴻ノ池は、椅子《いす》に座って漫画を読んでいる。掛け時計を見ると、時刻は午後六時を過ぎていた。

　朝食をとったあと、僕と鴻ノ池はいったん〝家〟をあとにし、鴻ノ池は病院の裏手にある研修医寮の自室へ、僕は内科用の当直室で仮眠をとることにした。

　普段は内科の当直医が夜間に待機するための、四畳半ほどの部屋に置かれたシングルベッドに横になったのだが、心身ともに疲れ果てているにもかかわらず、やけに目が冴《さ》えてしまい眠れなかった。救命できなかった患者の遺志すら守れなかった悔しさ、誰がどこに腎臓を隠したのかという疑問、それらが頭の中でぐるぐると回り、僕はシミの目立つ天井を眺め続けた。

　最終的に一睡もできぬまま昼になり、再び屋上の〝家〟に戻って鷹央とレトルトカレー（今度は欧州風）を食べ、仕事の打ち合わせや雑談をしながらすごしたあと、『アフタヌーン』まで行ってケーキを買ってきて、鴻ノ池を呼んでアフタヌーンティーを楽しんだ。

　上品な甘さを残しながら口の中でほろほろと崩れていくチーズケーキを食べて血糖値が上がったところで、ようやく一気に睡魔が襲いかかってきて、僕はソファーで仮眠をとったのだった。

「開いているぞ」

　鷹央が答えると、玄関扉が開き成瀬がのっそりと入ってくる。その表情は冴えず、強い疲労が浮かんでいた。

「おお、成瀬か。どうした？　そんな青汁で水分補給しながらマラソン走り終わったような顔して」

鷹央が楽しげに言う。朝は睡眠不足ですこぶる機嫌が悪かった鷹央だったが、大鷲に完勝したことと『アフタヌーン』のケーキを食べたことで、いまはこのうえなく上機嫌だった。

「……分かっているんでしょ」

恨めしげに成瀬が言うと、鷹央はシニカルに口角を上げた。

「ああ、分かっているぞ。腎臓が見つからなかったんだろ。防犯カメラの画像を解析したところ、犯人が院内に腎臓を残したのは間違いない。そして、それ以降で病院から出る人物は身体検査をしたが、誰も臓器を持ち出していなかった。にもかかわらず、大量の警官を動員して院内を何時間も探しても腎臓は出てこない。だからこそ、私に知恵を借りに来た。だな？」

「そうですよ。盗まれた臓器がどこにあるか知っているなら、さっさと教えてください」

投げやりに成瀬が言うと、鷹央は持っていた漫画本をわきにある〝本の樹〟の上に置き、大きく両手を広げる。

「おいおい、それが人に知恵を借りる態度か？　捜査本部が本気で探しても見つからなかった臓器を発見したら大手柄だろ。自分の縄張りにずかずか入って来た品川署の刑事たちの鼻をあかすこともできる。お前にとってはいいことずくめだろ」

鷹央の指摘を否定することなく、成瀬は「だったら？」と声を潜める。

「善良な一市民として、警察に協力するのはやぶさかではないが、貴重な休日が潰れるんだから、それなりの対価が欲しいところだな」

鷹央は目を細める。どうやら、大鷲だけでなく成瀬からも『報酬』をせしめようとしているらしい。意地汚いというか、なんと言うか……。

「金でも払えっていうんですか？」

苛立たしげに成瀬が言うと、鷹央は肩をすくめた。

「安月給の公務員から金なんかむしり取ろうとするわけないだろ。それより遥かに貴重なものだよ」

「貴重なもの……？　なんですか？」

成瀬の口調に警戒が滲む。

「情報だ！」鷹央は高らかに言った。「今後、私が必要なとき、なにか不可思議な『謎』を捜査する際、警察が持っている情報を提供する。そう約束するなら、すぐにでも腎臓のありかを教えてやる」

「一般人に警察が情報を流せるわけがないでしょ！」

成瀬が拒否すると、鷹央はわざとらしく大きなため息をついた。

「そうかそうか。それは残念だ。じゃあ、仕方がない。一階にいる品川署の刑事たちの中から物分かりのよさそうな奴を見繕って、そいつと取引するとしよう」

成瀬の顔に激しい逡巡が浮かぶ。安易に情報を渡すなどと約束すれば、鷹央に骨の髄までしゃぶられる可能性が高いが、他の所轄署《しょかつしょ》の刑事に手柄を横取りされるわけにはいかない。激しい迷いに、成瀬の口から獣のうなり声のような音が漏れはじめた。

鷹央は立ち上がると、成瀬が立ちふさがる玄関へと向かう。

「悪い悪い。悩ませてしまったみたいだな。無理に取引をもちかけるのは酷だ。いますぐに一階に下りて、他の取引相手を見つけてくるよ」

成瀬のわきを抜けようとする鷹央の前に、太い腕が突き出される。鷹央は勝ち誇るような笑みを浮かべて「どうした？」と、唇を噛みながら腕を横に伸ばした成瀬を見上げる。

「……一つです」

唸《うな》るように成瀬が言う。鷹央は「一つ？」と首を傾《かし》げた。

「あなたが知りたいことを一つだけ、どんなことでも答えましょう。だから、すぐに臓器がどこにあるのか教えてください」

「うーん、一つかぁ。どうしよっかな」

鷹央は腕を組む。

「一般人に情報を横流ししているなんてばれたら、俺の立場がヤバくなるんです。下手したら懲戒免職になる。これが最大限の譲歩です」

「けど、桜井とかいろいろと教えてくれるぞ」

「あの人は特別です。しかも、本当に教えたらヤバいことは言わないようにしているんです」

「たしかにそうかもな。あの腹黒タヌキの真似《まね》事《ごと》は、お前みたいな単純な男には無理だろうからな」

成瀬の顔が怒りと屈辱で、赤く変色しはじめる。

そろそろ止めた方が良いだろうか。僕が背後から鷹央の口を押さえることを検討していると、成瀬は数回深呼吸をくり返した。

「で、どうするんですか？　もしそれで満足いかないなら、品川署の奴らを好きに物色して下さい。あいつらの管轄はずっと遠くだ。この辺りで起こる事件には全く関与できませんよ」

鷹央は「んー」と十数秒考えこんだあと、腕を解く。

「まあ、仕方ない。近くにいる奴の方が使い勝手がいいからな。それで契約してやるよ。

おい小鳥……、って、お前何しているんだ？」

鷹央が振り返る。いつでも口を押さえられるように、忍び足で背後に近づいていた僕と鷹央の視線が合う。

「いえいえ、なんでも。どうしました？」

体の前に出していた両手を、僕は慌《あわ》てて背中で組んだ。鷹央はいぶかしそうに僕を見つめながら、親指を立てて玄関の外を指さした。

「車を出せ。もう十分に寝たから、運転しても大丈夫だろ」

「はあ、そりゃあ大丈夫ですけど、どこに行くんですか？」

「もちろん、盗まれた臓器のある場所だ」

鷹央は舌なめずりをする。

「さて、宝探しと行くか」


「あの……、困ります。いまは……」

家政婦の女性が困惑の声を上げながら制止する。鴻ノ池にコーディネートされたパステルカラーのブラウスとキュロットスカートを着て、長い黒髪をポニーテールに纏《まと》め、ウェストポーチをつけた鷹央は、まったく気にするそぶりも見せず家政婦の横をすり抜けると、長い廊下を歩いていく。

いいのかな……。僕は家政婦に同情しつつ、首をすくめながら鷹央についていく。僕の隣には成瀬が、後ろには鴻ノ池がいた。

磨き上げられた無垢材《むくざい》の廊下の右手には、広々とした日本庭園が外灯の明かりにうっすらと浮かび上がっている。大きな池には、色鮮やかな錦鯉《にしきごい》が優雅に泳いでいた。

三十分ほど前、天医会総合病院をあとにした僕たちは、ＣＸ－８で東久留米市の郊外にある、サッカー場ほどもありそうな広大な敷地に建つ日本家屋、神宮寺由佳の実家にやって来ていた。

玄関で鷹央が「神宮寺岳彦に話がある」と告げると、対応した中年の家政婦は深々と頭を下げた。

「本日はどなたもお通ししないよう、きつく命じられております。誠に申し訳ございませんが、お引き取り下さい」

それを聞いた鷹央は、「じゃあ、自分で探す」といきなり靴を脱いで、家に上がり込んだのだった。

なぜ鷹央はここに来たのだろう。葬儀社の車は警察が徹底的に調べたのだから、ここに腎臓があるとは考えにくい。ということは岳彦からなにか情報を得るためだろうか。だとしても、無理やり会いに行くのはよくない。家人の許可なく上がり込んでいるのだから、完全な不法侵入だ。通報されたら逮捕されかねない。それが分かっているので、僕と鴻ノ池は首をすくめながら忍び足で進んでいた。見ると、成瀬も不安そうに口を固く結んでいる。刑事が不法行為を働いているのだから当然だろう。そのうえ、ここに住んでいるのは、とてつもない金額を納税している地域の名士だ。どんなトラブルになるか分かったもんじゃない。

「鷹央先生、今日は引き上げませんか。昨夜、娘さんが亡くなったばかりなんですよ」

前を歩く鷹央に、僕は小声で囁《ささや》きかける。

「なに言っているんだ。今日中に解決するって叔父貴と約束しただろ。そうじゃないと、予算と病床が増えないんだぞ」

「いや、そうですけど、さすがにご遺族に迷惑をかけるのは不謹慎ですって」

「不謹慎？　私たちにとって不謹慎なのは、なにもしないことだ。いま現在進行形で不謹慎極まりない行為が続いている。それを止めるために、これは必要なことなんだ」

どういう意味か全く分からないが、真剣な鷹央の様子にそれ以上、何も言えなくなる。鷹央が「必要なこと」と言っているのだ。だとしたら、それはいまやるべきことなのだろう。これまで鷹央とともにいくつもの不可解な事件を解決してきた経験が、僕にそう確信させた。

「泣き声が聞こえてくるな。こっちか」

鷹央は耳に手を当てたあと、廊下の突き当りにあるふすまを勢いよく開いた。その奥に広がっていた光景を見て、僕は口を固く結ぶ。

十二畳ほどの和室に布団《ふとん》が敷かれ、そこに女性が横たわっていた。神宮寺由佳。昨夜、命を落とし、そして病に苦しむ人々のためにと腎臓を提供してくれた女性。その布団に突っ伏して肩を震わせていた男女、岳彦と春枝が顔を上げる。二人の目は充血し、その顔は涙で濡《ぬ》れていた。

「なんだ、貴様らは！」

壁を震わせるほどの怒声を、岳彦が放つ。聴覚過敏気味の鷹央は、一瞬体を震わせたあと軽く頭を振った。騒ぎを聞きつけてきたのか、葬儀社の社員も廊下に姿を現し、部屋を覗《のぞ》き込んできた。たしか、三好という名前の男だ。

「娘との別れの時間なんだぞ、邪魔をするな！　お前は誰だ」

「私は天久鷹央。天医会総合病院の統括診断部部長で、あの病院の副院長でもある」

鷹央が名乗ると、殺気すら孕《はら》んだような目つきでこちらを睨《にら》んでいた岳彦は「天医会の副院長？」と眉根を寄せる。

「その副院長がなんの用だ？　そこにいるのは、たしか小鳥遊先生と鴻ノ池先生だな。あと、そこの男は？」

「田無署刑事課の刑事で、成瀬と申します。突然押しかけて、誠に申し訳ありません」

成瀬は緊張した面持ちで、慇懃《いんぎん》に頭を下げる。地元の有力者から名指しで署に抗議でもされようものなら、大きな問題になるのだろう。

「医師と刑事が四人も押し掛けて、なんの用かな？」

僕たちの身分を知ったことでいくらか冷静になったのか、岳彦は濡れた目元を拭《ぬぐ》った。

「お前の娘が提供した腎臓が一つ、強奪されたのは知っているな？」

鷹央の言葉に、岳彦は痛みに耐えるような表情を浮かべる。隣にいる春枝が、両手で顔を覆《おお》った。

「ああ、もちろん知っている。家に戻ったとき、警察に徹底的に調べられたからな。なんだ、娘の腎臓が見つかったのか？　だとしても、報告は後日でいい。いまは家族だけにしてくれ」

「いいや、残念ながら見つかっていない。院内を徹底的に探したが、腎臓は見つからなかった」

「なら、わざわざ報告に来ないで、必死で探すんだ。それがお前たちの仕事だろう」

こちらを睨む岳彦の双眸《そうぼう》には、怒りの炎が揺れていた。

「刑事である成瀬の仕事ではあるが、臓器を探すのは私たち医師の仕事ではないぞ」

軽い調子で鷹央が言うと、岳彦は「ふざけるな！」と畳に拳を叩《たた》きつけた。

「お前たちの病院で盗まれたのなら、お前たちに責任があるに決まっているだろうが！」

「うちの病院に責任があったのは、お前の娘の心臓が止まり、死亡宣告をするまでだ。そこから先は、移植チームを派遣した南港医大と日本臓器移植ネットワークに全責任がある。私たちは手術室を貸しただけだからな」

「自分たちにはなにも責任がないと言うのか？　なら、なんでここに来た」

「責任はなくても、敬意はあるからだ」

鷹央は横たわっている由佳に視線を向ける。岳彦が「敬意？」と聞き返す。

「そうだ。医師は患者に敬意を払うものだ。もちろんそれは患者が命を落としたあともだ。そしていま、残念なことに神宮寺由佳の尊厳が損なわれている。だからこそ、医師としてそれをあらためたい」

鷹央は由佳を見つめたまま、静かな口調で告げる。岳彦の顔に浮かんでいた敵意が希釈されていった。

「うちの娘に敬意を払うというんだな？」

岳彦が確認すると、鷹央は「そうだ」と力強く頷いた。視線を合わせたまま二人は黙り込む。触れれば切れそうなほどに張り詰めた空気に、僕は息をすることも忘れ成り行きを見守った。

肺の奥に溜《た》まった滓《おり》を吐き出すかのように、岳彦が大きく息をつく。

「ならいい。なにがしたいんだ。由佳の尊厳が損なわれてしまっているとはどういうことだ？」

一気に緩んだ空気に僕たちが胸を撫でおろしていると、鷹央はすたすたと岳彦たちの方へと歩いていき、由佳が横たわっている布団のそばに跪《ひざまず》いた。

慌てて鷹央に近づいた僕は、小声で囁く。

「あの、鷹央先生。岳彦さんから話を聞くんじゃないんですか？」

「話？　話なんてないぞ。私は自分の『仮説』が正しいか確認しにきただけだ」

てっきり、なにか大切な情報を岳彦か春枝が持っているからこそ、この家にやって来たと思っていた。しかし、話を聞くのでないとしたら、いったい何をしようとしているのだろう。もしかしたら、葬儀社の車を調べようとでもいうのだろうか？

混乱する僕の前で、鷹央は両手を合わせて軽く一礼すると、「悪いな、ちょっと失礼するぞ」と由佳に語り掛けたあと、その体にかかっている布団を無造作にめくった。

「ちょっと、鷹央先生、なにを？」

反射的に止めようとした僕を、鷹央は「黙って見ていろ」と一喝する。

「警察が防犯カメラの画像を解析したところ、犯人は奪った腎臓を持って院内に入ったあと、手ぶらで出ていった。しかし、そのあと駆け付けた警察が徹底的に検査をしても、腎臓は発見できなかった。そして、強奪事件から警察が駆け付ける前に病院から去ったのは、神宮寺由佳の遺体を搬送した葬儀社の車だけだった」

「あの車の中に、由佳の腎臓が隠されていたというのか？」

岳彦の声が低くなる。鷹央は「そうだ」とあごを引いた。

「盗まれた腎臓は、ずっとお前たちの近くにあったんだよ」

「ありえない」

岳彦は大きくかぶりを振る。

「あのとき、警察は念入りに私たちの身体検査や車内の捜索をした。娘の遺体まで調べたんだぞ。それとも、運転していたあの葬儀社の社員が持っていて、途中で誰かに娘の腎臓を渡したとでも言うのか？」

廊下で立ち尽くしていた三好が、岳彦に指さされて体をこわばらせた。

「いいや、違うな。警察はドライブレコーダーまで提出させて調べている。もしドライバーがそんなことをすれば分かるはずだ」

「じゃあ、車にあったわけがない。あれだけ警察が徹底的に探したんだから」

「徹底的？」

鷹央は皮肉っぽく唇の端を上げる。

「奴らは徹底的になんかやっていないさ。というか、できないんだよ」

「なにを言っているんだ？」

岳彦が鼻の付け根にしわを寄せると、鷹央は「すぐに分かる」と言って、由佳の死装束の紐《ひも》を外しはじめた。三好が泡を食って、「やめてください！」と駆け寄ってくる。

「邪魔するな！」

鷹央の鋭い眼差しに射抜かれ、三好は足を止める。

「これは神宮寺由佳の『尊厳』を守るために必要なことなんだ。葬儀社に勤めているなら、遺体に敬意を払うことの大切さは分かるだろ」

完全に気圧《けお》されている三好は「は、はい」とかすれ声で答える。鷹央は視線を岳彦と春枝の夫婦に向ける。

「お前たちの娘の遺志を尊重する為《ため》にも、遺体を調べる必要がある。いいか？」

春枝は「え……、え……？」と助けを求めるように視線を彷徨《さまよ》わせると、そばにいる夫の着物の肩口を両手で摑んだ。庇護《ひご》欲を誘う態度をとる後妻の美しい顔には、強い不安が浮かんでいた。

「それは、由佳のためになるんだな？」

押し殺した声で岳彦は確認する。鷹央は岳彦の視線を真正面から受け止めつつ、「その通りだ」と頷いた。

「春枝、自分の部屋に行っていなさい」

妻にそう告げたあと、岳彦は「君たちも外してくれ」と三好と家政婦に声をかけた。

春枝は唇を固く結んで立ち上がり、廊下へと向かう。三好と家政婦も躊躇《ためら》いがちにそれに倣《なら》った。ふすまが閉められる。部屋には僕たちと岳彦、そして由佳だけが残された。

「それでは、はじめさせてもらうぞ」

鷹央はそう宣言すると、由佳の死装束を大きくはだけた。青白い体が露《あら》わになる。その上腹部からへそにかけて真一文字に大きな傷痕《きずあと》が走っているのを見て、僕は奥歯を嚙みしめる。

先月、由佳の肝臓の傷を修復し、割れた脾臓《ひぞう》を摘出したときの手術痕。そして、それがいまは白い糸で閉じられていた。おそらく、少しでも遺体の傷を少なくするようにと、臓器摘出チームが元々あった手術痕に沿って切開をし、腎臓を取り出したのだろう。

岳彦は唇を嚙んで目を背ける。

「それで、なにが分かるっていうんですか？　俺にはまったく異常は見つけられませんけど」

少し離れた位置に立っている成瀬が戸惑いがちに言った。

「ああ、お前には分からないだろうな。ただ、ここに分かる奴がいる」

「分かる奴？　あなたですか？」

成瀬の問いに鷹央は「いや、違う」と首を振る。

「私じゃない。小鳥、お前が調べるんだ」

「僕ですか!?」

予想外の指名に、声が裏返ってしまう。

「なにデカい声出しているんだよ。いいから、さっさと調べろ。お前が救急搬送を受け、治療をし、そして臨終に立ち会った患者だ。その無念を少しでも晴らすため、全力を尽くすんだ。できるな？」

鷹央が僕を見つめる。大きな瞳《ひとみ》に吸い込まれていくような錯覚に襲われる。

そうだ。僕は神宮寺由佳を救うことができなかった。そして、彼女の遺志が踏みにじられるのを止めることもできなかった。

ただ、まだ彼女のためにできることが僕にあると、鷹央は言ってくれている。ならば、それを信じてみよう。

「分かりました」

僕が頷くと、鷹央はふっと微笑んで立ち上がった。入れ替わるように、僕は由佳のそばにひざまずき、その体を観察する。

ほんのりと化粧を施された顔を見ると、ただ眠っているだけのように見える。事故で折れた鎖骨を固定していた跡が、白い皮膚に残っている。ボリュームのある乳房から腹部へと、僕は視線を移動させていく。

ここまでで、特に異常は見つからないけれど……。

鷹央は強奪された腎臓を探すためにここに来た。つまりこの遺体に、腎臓の行方の手がかりがあるということだ。それはいったい……。

手を伸ばし、わずかに赤く変色している傷口にそっと指先が触れた瞬間、僕は大きく息を呑《の》んだ。網膜に映し出されたその光景の意味が分からなかった。

身を乗り出し、四つん這《ば》いになると、手術痕に顔を近づける。臓器摘出のために再度切り開かれたその傷痕が縫合されていた。

蝶結《ちょうむす》びで。

「そんな馬鹿《ばか》な！」

悲鳴じみた声が喉《のど》の奥から迸《ほとばし》る。

「どうしたんですか？」「なにがあった？」

成瀬と岳彦が同時に声を上げた。僕はからからに乾いた口腔《こうくう》内を舐《な》めて湿らせると、ゆっくりと口を開いた。

「蝶結びです。手術の傷口が蝶結びで縫合されているんです」

鷹央の口元が引き締まり、鴻ノ池が大きく息を呑む。しかし、成瀬と岳彦はいぶかしげに眉根を寄せるだけだった。

「それがどうしたっていうんです？　医者だけで驚いていないで、私みたいな素人《しろうと》にも分かるように説明して頂けませんかね」

成瀬が大股《おおまた》に近づいてくる。僕は唾《つば》を飲み込んだあと静かに説明をはじめた。

「外科医なら、傷口を縫合する際に蝶結びをすることはありません。蝶結びは簡単にほどけます。外科医の技術が少しでもある医者なら、間違いなく『外科結び』という、絶対にほどけることのない結び方をします」

「けれど、今回は一般の手術ではなく、亡くなった患者から臓器を摘出したんでしょ。だから、簡単な蝶結びで傷口を縫合したんじゃないですか？」

「絶対にあり得ません」

僕は首を横に振る。

「縫合糸を持ったらほとんど無意識に外科結びができるようになるまで、外科医はトレーニングを積みます。蝶結びをするより、外科結びをする方が僕たちにとっては遥《はる》かに速いし、簡単なんですよ。それに、死後臓器移植においてドナーに敬意を払うことは、何よりも大切とされています。傷口の縫合を適当にするわけがありません」

「まあ、元外科医であるあなたがそう言うなら、そうなんでしょうね。けど、それならどうして実際にそこの傷口は蝶結びで縫合されているんですか？」

「答えは一つしかありません」

僕は一度言葉を切ると、低い声で告げる。

「縫合したのが外科医ではないからです」

「外科医ではない？　けれど、臓器の摘出手術は外科医がやったんですよね」

「そうです。臓器摘出チームでの執刀は、熟練の外科医の仕事です」

「では、縫合だけ外科医ではない誰かが担当したということですか？」

成瀬が首をひねった。医療現場での経験がないので仕方がないのかもしれないが、さすがにその察しの悪さに苛立ってくる。

「違います。摘出手術後に誰かが縫合糸を切って傷口を開いて、そのあとまた雑に縫い直したんですよ。外科技術を持たない誰かが」

成瀬はまばたきをくり返しながら数秒考え込んだあと、その腫《は》れぼったい目を大きく見開いた。

「まさか、遺体の中に……」

成瀬が言葉を失う。ふと岳彦に視線を向けると、彼は真っ青な顔で細かく震えていた。

「そのまさかだ」

僕に代わって鷹央が説明を引き継ぐ。

「移植可能な状態で臓器を搬送するためには、滅菌されたビニール袋の中で低温の保存液につけておく必要がある。それなりの大きさで、見つかりやすい。だからこそ、コーディネーターを襲って臓器を奪った犯人はそれを自分で搬送せず、『共犯者』に渡した。検問などが敷かれたとしても、問題なく通過して逃げられることを優先したんだ」

「共犯者……」

黙って話を聞いていた岳彦が、喘《あえ》ぐようにつぶやく。鷹央は「そうだ」と大きく頷いた。

「この臓器強奪事件は、実行犯が逮捕されるリスクを最小限にするよう、極めて綿密に計画されている。つまり、強奪犯から臓器を受け取った『搬送係』は、絶対に見つかることなく臓器を搬送する手段を持っていたということになる」

鷹央はそこで一拍おくと、「しかし」と続けた。

「絶対に見つからず、保存液と臓器が入っているビニール袋を低温のまま運ぶというのは、かなりハードルが高い。いつ犯行に気づかれ、警察がやって来るか分からないんだからな。そのためには、警察にも決して中身を確認されることがない『容器』が必要だった」

「その『容器』って……」

成瀬がかすれ声で訊ねると、鷹央は重々しくあごを引いた。

「そう、ドナーである神宮寺由佳の遺体だ」

獣の咆哮《ほうこう》のような、悲痛なうめき声が部屋に響く。見ると、岳彦が両手で頭を抱えて畳に突っ伏していた。

最愛の一人娘を失い、さらに臓器を密《ひそ》かに運ぶための道具として遺体を利用されたのだ。その怒りと絶望は、想像を絶するものだろう。

「その話は……、その話は本当なのか……？」

顔を上げた岳彦が、地の底から響いてくるような声で言う。その目は血走り、表情筋が歪みに歪んでいた。

「傷口が蝶結びで縫合されていたことを見ると、ほぼ間違いないだろう。しかし、それが真実だと断言するためには、お前の許可を得て『確認』する必要がある」

「許可？　なんの許可だ？」

岳彦は鷹央を睨《にら》みつける。

「この傷口を開き、腹腔内に臓器があるか確認する許可だ」

岳彦の顔に激しい葛藤《かっとう》が浮かぶ。愛する娘の体をこれ以上傷つけたくないという想《おも》いと、真実を明らかにして犯人に報いを受けさせたいという想い、それらがぶつかり合っているのが傍目にも見て取れた。

「……やってくれ」

数十秒の逡巡《しゅんじゅん》の末、岳彦は絞り出すように言った。

「本当にいいんだな？」

鷹央が確認すると、岳彦はうなだれるように頷いた。

「どうせここで拒否をしても、警察が令状を持ってやって来るだけだ。それなら、父親である私の意思で決める。それが……この子のためだ」

岳彦は力なく立ち上がる。その目から、止《と》め処《ど》なく涙が溢れていく。

「ただ、娘の、由佳の遺体を切り開く現場になんていられない。私はそんなもの見られない」

ふらふらと移動し岳彦はふすまを開く。廊下で待機していた家政婦と三好が、憔悴《しょうすい》しきった岳彦を見て驚きの声を上げた。

家政婦に体を支えられるようにして岳彦が去っていく。それについていこうと、三好が一歩足を踏み出したところで、成瀬が「待てっ！」と腹の底に響く声で呼び止めた。三好の体が大きく震える。

「あんたはここに残るんだよ。こっちに来い」

成瀬に手招きされた三好は、「は、はい……」とかすれ声で答えると、僕たちの近くに寄って来た。その隣に成瀬が移動する。おそらくは、いつでも拘束できるように。

「よし、それじゃあはじめるか」

鷹央はウェストポーチを開けると、そこから手袋とピンセット、そして眼科剪刃《せんじん》と呼ばれる小さなハサミを取り出して、僕に差し出した。

「こういう処置は、元外科医のお前の方がうまくできるはずだ。頼むぞ」

「……分かりました」

僕は受け取った手袋を嵌《は》め、左手にピンセット、右手に眼科剪刀を持つ。

ピンセットで蝶結びの『玉』の部分を摑んで引っ張って持ち上げ、眼科剪刀で縫合糸を切断した。

「なにをするんですか⁉」

甲高い声を上げて制止しようとする三好を、鷹央が「うるさい！」と一喝する。

「父親の許可は取っているんだ。いいから黙って見ていろ」

三好が口をつぐむのを確認して、僕は次々に縫合糸を切断していった。

蝶結びされている縫合糸をすべて切り終えた僕は、ピンセットと眼科剪刀を畳の上に置くと、手袋を嵌めた右手をゆっくりと、傷口の中に差し込んでいく。

外科医として何百回もの開腹手術をした経験から、腹腔内の臓器の位置は手に取るように分かる。もし、本来そこにないはずの腎臓が隠されていたら、すぐに気づくはずだ。

目を閉じて触覚に意識を集中していた僕の指先に、異様な感覚が走る。薄い膜のようなものが入っている。この位置に、こんな臓器はないはずだ。

瞼を上げた僕はそれをしっかりと摘まむと、ゆっくりと腹腔内から引き出していった。

傷口から『それ』が姿を現した瞬間、喉の奥からうめき声が漏れる。

それは人工物だった。潰《つぶ》れたビニール袋。それが血液に濡れ、ぬらぬらと蛍光灯の光を反射していた。

「どうやら、腎臓はもう回収されているみたいだな。必要なくなったビニール袋だけ残して、傷口を閉じたってところか。酷《ひど》いことしやがる」

鷹央が大きく舌を鳴らす。

「な、なんですか、それは⁉　なんでご遺体のお腹に、そんなものが」

悲鳴じみた声を上げる三好の襟を、成瀬が無造作に摑んだ。

「聞きたいのはこっちだよ。なんでこんなものが入っているんだ？」

「し、知りませんよ。私は病院から引き取ったご遺体を、こちらに運んだだけです」

「しらばっくれるんじゃねえ。ここで遺体に隠しておいた腎臓を抜き取って、また傷口を縫ったんだろ」

「なに言っているんですか⁉　そんなことする時間なんてありません。ここに来てから、ずっとご遺族か家政婦さんと一緒にいたんです。疑うんだったら、確認してみてください」

早口でまくし立てる三好に、鷹央が近づく。

「おい、同僚はどうした？」

「ど、同僚？」

三好は視線を彷徨わせる。

「ああ、そうだ。遺体を受け取るとき、葬儀社は基本的に二人で対応するはずだ。そして、一人は遺体の管理を、もう一人は遺族への対応をすることが多い。お前が本当に遺族対応を担《にな》っていたとしたら、遺体に付き添っていた奴がいたはずだ」

「い、いません……」

三好は細かく首を振る。鷹央の目つきが鋭くなった。

「お前、自分の立場が分かっているのか？」

「ち、違います。たしかに、先輩の社員がご遺体の管理をしていました。殿村《とのむら》っていう人です。けど、この家に着いてから二時間ぐらいして、急に『腹が痛くて我慢できない』って言ってどこかに消えちゃったんです。他に手が空いている社員もいなくて、私一人で取り仕切らないといけないから大変でした」

僕たちはお互いに顔を見合わせる。この家に着いてから二時間、遺体から腎臓を取り出し、再び縫合しなおすには十分な時間だ。

「おい」成瀬が脅しつけるように言う。「その殿村って社員は、病院でも遺体と一緒にいたのか？　遺体と殿村だけになった時間はあるか？」

「あ、あります。病院で私がご遺族に今後のことを説明しているとき、殿村さんが一人で遺体を見ていました」

「どれくらいの時間？」

「たぶん……、一時間程度だと思います」

間違いない。その殿村という男こそ、臓器強奪の共犯者、『搬送係』だ。病院で腎臓を受け取った殿村は、それを遺体の腹腔内に隠しこの家に運んだ。そして、ここで腎臓を取り出し、それをもって姿を消したのだ。

「成瀬、捜査本部に連絡を入れろ。その殿村って男を緊急手配させるんだ。あと、鑑識をここに呼んで、しっかりと証拠を採取させろ」

鷹央に指示された成瀬は、「分かってますよ」と答えると、三好の襟を摑んだまま廊下に行き、スマートフォンを取り出して通報をはじめる。

僕は腹腔内から取り出したビニール袋を畳に置き、血で濡れた手袋を内側に巻き込むようにしながら外すと、由佳の死装束を丁寧に直していく。

「とりあえず、お疲れさまでした。鷹央先生、小鳥先生」

鴻ノ池が声をかけてくる。普段の底抜けに明るい調子は影を潜め、由佳の遺体を見つめるその表情は冴えない。その気持ちは痛いほどに理解できた。遺体を『容器』として使うなど、死者の尊厳を貶《おとし》めるものだ。いかに『臓器消失』のトリックが明らかになったところで、無邪気に喜ぶ気持ちになどなれなかった。

「これで一件落着ですかね。あとは警察がその殿村って人を捕まえれば、きっと違法臓器移植組織の全容も解明できますよね」

自分に言い聞かせるように鴻ノ池がつぶやく。そう上手くいくかは分からないが、少なくとも僕たちにできることはここまでだろう。

臓器が院内にないことさえ判明すれば、警察は天医会総合病院から引き上げる。明日からは通常通りに診療が行えるはずだ。目標は達成され、統括診断部の予算と病床数はアップする。

これでいいんだ。あとは警察が犯人を捕まえることを期待しよう。

「鷹央先生、そろそろ引き上げましょうか」

促すが、鷹央は僕の声が聞こえないかのように畳に置かれたビニール袋を見つめていた。

僕が「どうしました？」と声をかけると、鷹央はウェストポーチから新しい手袋を取り出して嵌め、由佳の傍らにひざまずいた。

由佳の死装束を再度はだけさせた鷹央は、「悪いな」とつぶやくと、その鳩尾《みぞおち》に手袋を嵌めた手をずぶりと差し込む。

「ちょっと、鷹央先生!?」

驚きの声を上げる僕の前で、鷹央はひとりごつように、ぼそりとつぶやいた。

「……これは興味深い」

鷹央の顔に、獲物を狙《ねら》う肉食獣のような危険な笑みが広がっていった。

第二章　死者に捧ぐ命

1

「これが、殿村が発見された溜《た》め池です」

成瀬《なるせ》がローテーブルに置いた写真を手に取った鷹央《たかお》は、無言でそれを見つめる。

神宮寺《じんぐうじ》家で遺体に臓器が隠されていたことを突き止めてから五日経《た》った金曜日の午後七時過ぎ、僕は鴻《こう》ノ池《いけ》、成瀬とともに、鷹央の〝家〟にいた。

「自殺なのか他殺なのかは分かっているのか？」

鷹央は田んぼに囲まれた溜め池が写った写真を振る。

鑑識が調べた結果、神宮寺由佳《ゆか》の腹腔《ふくくう》内から発見されたビニール袋からは襲われたコーディネーターと殿村の指紋が確認された。その証拠により、殿村は臓器強奪事件の容疑者として全国に指名手配された。しかし、彼が逮捕されることはなかった。

姿を消してから二日後の火曜日の朝、殿村の水死体が埼玉の外れにある溜め池から発見されたのだ。

「司法解剖でもはっきりはしませんでしたが、状況より他殺の可能性が高いと考えています」

成瀬は淡々と告げる。昨夜、成瀬から僕に、臓器強奪事件について現在までに分かっていることを説明したいと連絡が入った。

臓器消失のトリックをあばいた鷹央には報告する義理があるとか言っていたが、僕はすぐに成瀬の本心に気づいた。殿村に死なれてしまったことで、警察は連続臓器強奪事件の捜査に行き詰ったのだろう。だからこそ、鷹央に『報告』するついでに、なにか手がかりをもらえないかと期待しているのだ。

僕は「一応、鷹央先生に打診しておきます」と言って通話を終えたものの、鷹央は報告など聞きたがらないだろうと思っていた。鷹央の食指は、今回の事件に反応していない。連続臓器強奪は猟奇的な事件だが、不可思議な事件ではない。『謎《なぞ》』がない事件に、彼女の好奇心は動かない。捜査に乗り出したのは、純粋に統括診断部の予算と病床のためだ。

しかし、成瀬の意向を伝えたときの鷹央の反応は、僕の予想を裏切るものだった。

「ようやく来やがったか！　今日連絡が来なかったら、私から田無《たなし》署に乗り込んでやるつもりだったんだぞ」

そう言う鷹央の瞳《ひとみ》は、カブトムシを見つけた男子小学生のようにキラキラと輝いていて、不吉な予感をおぼえたのだった。

そして今日、鷹央が前のめりになって成瀬に質問している姿を見て、僕は不安が的中したことを悟る。彼女は今回の事件に、なにか『謎』を見つけたのだ。無限の好奇心を刺激する魅力的な『謎』を。

　この状態になると、もはや鷹央を止めることは不可能だ。スッポンのように『謎』に喰らいつき続け、その真相をあばくまで決して放すことはない。そして、きまって僕も一緒にトラブルに巻き込まれるのだ。

「他殺の可能性が高いということは、殿村が口封じで殺されたと警察は考えているんだな」

「そうです。殿村を逮捕出来たら、連続臓器強奪事件にかかわっている奴《やつ》らを一網打尽にできる可能性が高かった。だから、組織は急いで殿村を殺したんですよ」

　鷹央は「ほう」とあごを撫《な》でる。

「それだけ殿村は重要人物だったということか？」

「ええ、殿村は使い捨ての駒《こま》であった一方で、連続臓器強奪事件の最も重要な鍵《かぎ》でもあったんです」

「詳しく聞こうか」

　鷹央はソファーにふんぞり返ると、足を組んだ。

「殿村は三十年近く葬儀社に勤めていたベテラン社員でした。そして、奴がいた葬儀社はフランチャイズのような形で、関東のいたるところに支店を持っていました」

「その多くの支店に集まってくる情報を、殿村は見ることができたということか？」

「それどころじゃありませんよ」

成瀬は軽く手を振る。

「奴は人手が足りない際のヘルプとして、それらの支店でよく勤務していました。ベテランで経験がありフットワークも軽い殿村は、かなり重宝されていたらしいですね。月の半分は、様々な支店に出向していたらしいです」

「脳死移植はいつ行われるか前もって分かる。当然、葬儀社にも先に連絡が入って、臓器摘出手術が行われる場所、時刻の情報が入ってくるってわけだ」

鷹央がつぶやくと、成瀬は「その通りです」と首を縦に振った。

「調べたところ、これまで強奪された臓器のドナーは死後、全《すべ》て殿村が勤務したことのある葬儀社で火葬されていることが判明しました」

「情報は日本臓器移植ネットワークからではなく、葬儀社から漏れていたというわけか。なるほど、たしかに盲点だな」

そこで言葉を切った鷹央は、シニカルに口角を上げる。

「しかし、ドナーたちの葬儀に同じフランチャイズの葬儀社がかかわっていたことくらい、捜査本部は気づかなかったのか？　ちょっと間抜けじゃないか？」

ああ、もう……。僕は小さくため息をつく。どうしてこの人はわざわざ余計なことを言うのだろう。短気な成瀬のことだ。そんなふうに揶揄《やゆ》したら、へそを曲げてこれ以上、情報を漏らさなくなるかもしれないじゃないか。

そんな僕の予想とはうらはらに、成瀬は「まったくです」と相槌《あいづち》を打った。

「フランチャイズといっても、ノウハウを提供するだけで社名はばらばらだったので気づかなかったというのが捜査本部の言い分ですが、釈明にもなっていません。一連の事件で最も不可解な点は、どうやって犯人たちが臓器摘出が行なわれる時間と場所を知ったのかでした。なのに、日本臓器移植ネットワークからの情報漏洩《ろうえい》にこだわりすぎ、他の可能性をおろそかにするなんて、あり得ないことだ」

大きく舌を鳴らした成瀬は、自分に注がれる僕たちの視線に気づき、はっとした表情になる。しかし、すでに遅かった。いやらしい笑みを浮かべながらソファーから立ち上がった鷹央が、成瀬ににじり寄る。

「おやおやおや、成瀬君。何やら捜査本部に対して含むものがあるみたいだな」

「なんのことでしょう？」

成瀬は露骨に視線を外した。

「ごまかさなくてもいい。捜査本部の奴らに苛《いら》ついているんだろ。私と不利な取引をしてまで神宮寺由佳の腎臓《じんぞう》がどこに消えたのか突き止めたっていうのに、大した手柄にならなかった。違うか？」

「手柄にならなかった？」

　成瀬のいかつい顔が紅潮する。

「それどころか、品川署のデカに怒鳴りつけられましたよ。『勝手なことするんじゃねえ！』ってね。自分たちの無能を棚に上げて何様のつもりだ。その場で掴《つか》み合いの喧嘩《けんか》になりました」

「おお、元気がいいな。勝ったか？」

　無邪気に鷹央が訊《たず》ねると、成瀬はかすかに唇の端を上げた。

「当然でしょ。足払いでその場に転がしてやりましたよ。ただ、あいつら、自分から喧嘩売ってきたくせに、うちの署の刑事課長あてに正式な抗議を入れやがった。下手したら謹慎くらうところでした。あの野郎ども、うちのシマで勝手なことやっているくせに……」

　握りしめた成瀬の拳《こぶし》がぶるぶると震える。よほど捜査本部、というよりも品川署の刑事たちに鬱憤《うっぷん》が溜まっているようだ。

「なるほど、いつもは情報を出し渋るお前が、わざわざ自分からうちにやってきて、ぺらぺらと喋《しゃべ》ってくれると思ったら、品川署の刑事たちに一泡吹かせてやりたくて、私を利用しようというわけか。納得納得」

「なにか問題でも？」

　成瀬がふて腐れたように言うと、鷹央は大きく両手を広げた。

「問題？　そんなものあるわけないだろう。私は今回の事件の真相を探るための情報を得られる。お前は私が解き明かした真相で、品川署の奴らをぎゃふんと言わせることができる。まさにＷｉｎ－Ｗｉｎの関係だ」

　鷹央は含み笑いを漏らす。

「しかし、石頭のお前がこんな搦《から》め手ができるようになるとは成長したな。捜査一課の偽《にせ》コロンボの影響かな。お前も将来、あいつみたいな腹黒タヌキになれるかな」

「やめてくださいよ」成瀬は顔をしかめる。「桜井《さくらい》さんは関係ありません。俺はあの人みたいな常識のない刑事になる気はありません」

「そうは言ってもお前、あの腹黒と何度かコンビを組んでいるうちに、かなり影響を受けていると思うぞ。小鳥《ことり》、こんど内視鏡検査でもやってやれ。もしかしたら、内臓が黒く変色しはじめているかもな」

　けらけらと笑う鷹央の前で、成瀬は唇をへの字に歪《ゆが》めた。

「鷹央先生、脱線はそのくらいにして、話を元に戻しましょうよ」

　あまりからかい過ぎると、成瀬さん、へそを曲げて帰っちゃいますよ。僕が胸の中で付け足すと、鷹央は「そうだな」と再びソファーに腰を下ろした。

「さて、その殿村が臓器摘出の情報を流していたのは分かった。しかし、なんで殿村はそんなことをしたんだ？」

「金ですよ」

いまだに渋い表情の成瀬は、吐き捨てるように言った。

「葬儀社の同僚などに聞き込みをしたところ、殿村は重度のギャンブル狂で、かなり負けが込んで、大きな借金があったらしいです。あまり筋が良くないところから」

「闇金《やみきん》ってやつか」

「そうです。ヤクザ崩れのチンピラたちが自宅に押しかけてきているのが目撃されています」

それまで黙って話を聞いていた鴻ノ池が、勢いよく手を挙げる。

「そういうのって、法律で禁止されているんじゃないですか？　あと自己破産とかできなかったんですか？」

「ギャンブルでの借金で自己破産は難しいですね。たしかに激しい取り立ては違法ですが、相手は元々、法の外で生きている奴らです。あいつらから金を借りた時点で、人生は終わりですよ。あとは搾《しぼ》り取られるだけの人生だ。もはや人間でなく家畜になっちまうんですよ」

「家畜……」

僕と鴻ノ池のかすれ声が重なった。

「まだ仕事をして稼げているうちは、たんに金を搾り取られるだけだ。ただ、もし働けなくなったり、逃げようとしたら、搾り取られるものが金から命に変わります」

「命を搾り取られるって……」

鴻ノ池が頬を引きつらせる。

「文字通りの意味ですよ。拉致《らち》されて遠洋漁業の船に詰め込まれたり、女性なら売春を強要されたり、場合によっては臓器を抜き取られる可能性だってある」

成瀬は淡々と説明する。その態度が逆に、それらが現実に行われていることを実感させ、恐怖と嫌悪《けんお》感を掻《か》き立てた。

「そのように臓器の違法売買のノウハウがあったからこそ、今回の事件を起こした組織は、日本での臓器強奪をはじめたんじゃないかと俺たちは考えています」

成瀬が付け足した。

「借金の返済の代わりに、いつ移植用の臓器摘出が行われるのか、情報を犯罪組織に提供した。それが警察の見解というわけか。なるほどなるほど」

どこか含みのある鷹央のセリフに、成瀬は「それがなにか？」と、太い眉《まゆ》をピクリと動かした。

「いいや、なんでもない。気にするな。それより、殿村が借金返済の代わりに情報を提供していたという証拠はあるのか？」

「ありますよ。ちょうど最初の臓器強奪事件があった頃から、殿村の自宅アパートに借金取りが来なくなったらしいです。また、殿村の部屋の屋根裏から、二百万円ほどの現金が発見されました」

「借金をチャラにするだけでなく、金まで渡していたということか？　あまりにも気前が良すぎないか？」

　鷹央の指摘に、成瀬は一瞬言葉に詰まる。

「それだけ、臓器強奪が利益を生み、そして、殿村なしではそれができなかったということですよ」

「まあ、そういうことにしておこう。他になにか情報はあるか？　捜査本部が手に入れている情報は全て知りたい」

「むちゃ言わんでください」

　成瀬は顔をしかめた。

「この情報を手に入れるのも大変だったんですよ。捜査本部に参加している近隣署の同期に接触して、いい飯屋で奢《おご》ってやってようやく教えてもらったんだ」

「はは、やっぱり搦め手がうまくなっているな。あと十年もしたら、お前も立派な腹黒タヌキだ」

「俺は桜井さんみたいにはならないって言っているでしょ。なんにしろ、報告することはこれだけです。これだけ情報を渡したんだ、なにか分かったら、しっかり教えてくださいよ」

「分かっているって。ちゃんとギブアンドテイクでやっていくから安心しろ。ところで、もう一つお前に頼みたいことがあるんだ」

「……ギブアンドテイクって言った舌の根も乾かないうちに」

「しっかりと、『テイク』してやるためにも、まずは十分な『ギブ』が必要なんだよ。そもそもいまの情報提供は、私が神宮寺由佳の腎臓の件を解決したことに対する礼のはずだ。事件の真相をあばいて、品川署の奴らの鼻を明かしてやりたかったら、ぐちぐち言わずに協力しろ」

「分かりました、分かりましたよ。いったい何をさせようって言うんですか？」

鷹央に詰められた成瀬は、面倒くさそうに手を振った。

「いいか、よく聞けよ。まずは……」

鷹央は上目づかいで悪戯《いたずら》っぽく成瀬を眺めると、『頼みたいこと』を告げた。

説明を終えた鷹央が「出来そうか？」と訊ねると、成瀬は「それくらいなら、なんとか」と肩をすくめた。

「よし、ならぜひ頼む。できれば今夜中に連絡を取ってくれ。明日から本格的に捜査に入りたいからな」

「了解しました。また後で連絡します。それじゃあ、俺はこんなところで」

成瀬は踵《きびす》を返して玄関へと向かう。彼が〝家〟から出てドアが閉まると、鷹央は僕に視線を向けてきた。

「なあ、小鳥、明日ひまか？」

「ここで『忙しい』と答えようが、『ひまです』と答えようが、どうせ『捜査』に付き合わされるんでしょ」

抵抗は無駄だ。鷹央との一年以上の付き合いで、そのことを知っていた。

「朝に車で迎えに来ます。それでいいですか」

せっかくの休日が潰《つぶ》れるのか……。僕が肩を落としながら言うと、鴻ノ池が「私もひま！　一緒に行かせてください！」と勢いよく手を挙げた。

「よし、それでこそ統括診断部のメンバーだ。明日は三人で『院外研修』と洒落《しゃれ》込むぞ」

楽しげに両手を合わせる鷹央に、僕は声をかける。

「院外研修もいいですけど、ちょっと訊《き》いてもいいですか？」

鷹央は「なんだ」と首を傾ける。

「なんで、今回の事件を調べるんですか？」

「なんで？　そりゃあ、私の天才的な頭脳を使ってだ。ただ、私は移動のための足がないし、話を聞き出すのも苦手だ。だから、お前が必要……」

「僕が訊いているのは、『Ｈｏｗ』じゃなくて、『Ｗｈｙ』です。この前は、全然この事件に興味を持っていなかったじゃないですか。どうして、そんな積極的に事件に首を突っ込もうとしているんですか？」

「もちろん、この事件が『魅力的』だからだ」

「魅力的？　けど、全然『謎』がないつまらない事件だって……」

　僕が戸惑うと、鷹央は鷹揚《おうよう》に頷《うなず》いた。

「違法売買のために移植用の臓器を強奪する。ドナーの遺体に隠すという非人道的な工夫はあるものの、そこに私を引き付けるような『謎』は存在しないと思っていた。ただ、それは違っていたんだ」

　鷹央は意気揚々と声を張り上げる。

「これはたんに、違法な移植手術のために臓器を強奪するだけの事件ではなかった。その裏には、なにか異様な真実が横たわっているはずだ」

「なんでそんなこと分かるんですか？　鷹央先生はいつ、それに気づいたんですか？」

　僕が質問を重ねると、鷹央は顔の横で左手の人差し指を立てた。

「神宮寺由佳の腹腔に、手を差し込んだときだ」

そういえば、僕が臓器を入れていたビニール袋を傷口から取り出したあと、鷹央はわざわざ新しい手袋をはめて、由佳の腹腔内を探っていた。

「でも、ビニール袋以外に腹腔内からおかしなものは見つからなかったじゃないですか」

「あれは『もの』を探していたんじゃない。私は『温度』を確認していたんだ」

「温度？」

僕が聞き返すと、鷹央は僕の鼻先に指先を突きつけてきた。

「思い出してみろ。神宮寺由佳の腹腔内はどれくらいの『温度』だった？」

「いや、温度なんて気にしてなかったので……」

僕は必死に記憶を反芻《はんすう》する。

「たしか、少し温かった気がします。もちろん生きている人間の腹腔内ほどの温度はありませんでしたけど……」

「その通りだ。神宮寺由佳の腹の中は、それなりに温かった。まあ、室温と同じぐらいだったかな。翌日には家族葬で火葬にするはずだったので、腐敗防止のための低温処置はされていなかったのだろう」

「はあ、そうですね。で、それのどこに『謎』があるんですか？」

僕がこめかみを掻くと、鷹央はすっと目を細めた。

「お前な、ここまでヒントをやっているのにまだ気づかないのか？　頭蓋骨《ずがいこつ》に八丁味噌《みそ》でも詰めているのかよ」

「……ちゃんと脳みそ詰まっています」

「なら、それをしっかり使え。でなきゃ、みそ汁にするぞ」

「グロいこと言うのやめて下さいよ。僕の脳みそなんて、うまくないですよ」

「いや、そんなことないらしいぞ。神経細胞の塊である脳は、かなりに脂質を含んでいるので、コクがあるらしい。実際に国によっては羊や猿の脳みその料理があったりする。映画の『ハンニバル』では、ハンニバル・レクターが……」

「だから、グロいこと言うの、やめてください！」

「お前がちゃんと脳みそ使わないからだろ」

鷹央は僕の鼻先に指を突きつける。

「いいか、よく考えてみろ。強奪された臓器は、遺体の腹腔内に隠されて病院から運び出された。いわば、神宮寺由佳の遺体は、臓器を運ぶ『容器』にされた」

「容器……」

僕の脳裏に、駐車場の植え込みに捨てられた臓器搬送用のクーラーボックスが浮かんでくる。そこに入っていたのは……。僕は大きく目を見開く。

「氷！」

声を張り上げると、鷹央は「ようやく気づいたか」と笑みを浮かべた。

「そうだ。もし奪った臓器を誰かに移植するつもりだったら、できる限り臓器のダメージが少ない状態で保管しておく必要がある。具体的には保存液に浸《つ》けたうえで、低温にすることだな。そのために、移植用の臓器は氷が詰まったクーラーボックスで移送される」

「じゃあ、由佳さんの遺体に……」

「そう、本来なら神宮寺由佳の腹腔内に氷を詰めたうえで、隠す必要があったんだ。だが、もし氷が詰まっていれば、私たちが確認したとき、腹腔内はまだ冷たかったはずだ。つまり、殿村は氷を入れず、腎臓の入ったビニール袋だけを腹の中に隠したということだ」

「それだと、保存液の温度が上がって臓器が障害を受ける」

呆然とつぶやくと、鷹央は「その通り」と両手を広げた。

「殿村が忘れていたということですか？」

鴻ノ池があご先に指を当てる。

「いや、今回の臓器強奪は、かなり綿密に計画されている。そんなへまをするとは考えにくい。最初から氷を入れる予定はなかったんだよ」

「でも、それじゃあ移植できないんじゃ……」

戸惑い声の鴻ノ池を、鷹央が「そうだ」と指さした。

「どんなに早く見積もっても、腹腔内に腎臓を隠してからそれを取り出すまで、三時間ほどはかかったはずだ。それだけ常温に晒《さら》されれば臓器は劣化して、たとえ移植しても機能しないだろう。極めて綿密に練られた計画と、極めて雑な臓器の保管方法。それをどう説明すればいいと思う？」

「どうって……」

僕はつぶやくと、鴻ノ池と顔を見合わせる。

「そもそも、ビニール袋が残されていること自体がおかしいんだ。私はそこに違和感をおぼえたからこそ、神宮寺由佳の腹腔内の温度を確かめたんだ。臓器の障害を防ぐためには、保存液に浸けておく必要がある。しかし、殿村はビニール袋を破り、腎臓だけを取り出して運び去った。今回の事件では、徹頭徹尾、せっかく奪った臓器が雑に扱われているんだよ」

「言われてみれば……。けど。それってどうしてなんですか？」

鴻ノ池の眉根が寄った。

「答えは一つしかない」

鷹央は立てた左手の人差し指を、顔の前に掲げる。

「犯人たちは最初から、臓器を誰かに移植するつもりなんてなかったんだ。だからこそ、どれだけ雑に扱っても、臓器さえ手に入れられれば良かったんだよ」

「移植するつもりがなかったって……。それじゃあ、どうして犯人たちは臓器を盗んだんですか？」

声が震える。なにか、おぞましいものの一端に触れてしまっている。そんな予感に、冷たい震えが背筋に走った。

鷹央はあごを引き、ゆっくりと微笑《ほほえ》む。獲物を見つけた猛禽《もうきん》のように。

「そう、その『謎』に私は惹《ひ》きつけられたんだ」

2

「なにしているんですか？」

リュックサックの中を覗《のぞ》き込んでいる鷹央に僕は声をかける。

翌日の午前九時過ぎ、僕は鷹央、鴻ノ池とともに天医《てんい》会《かい》総合病院のエレベーターに乗っていた。

「いや、ちゃんとおやつが足りるかと思ってな。チョコと、クッキーと、カレー味のポテトチップスは入れたんだが」

「十分すぎるでしょ。車の中で食べないで下さいよ。汚れるから」

「ああ、キャンピングシートも持ってきた方が良かったかな。どこでもおやつを食べられるように」

「遠足か！」

僕は反射的に突っ込んでしまう。

「大丈夫ですよ、鷹央先生」

鴻ノ池が楽しげにいった。

「私もマシュマロとか、フィナンシェとか持ってきましたから。それに、もし足りなかったら、どこかで買い足せばいいんです。えっと、小鳥先生、おやつは三百円までですか？　バナナはおやつに入りますか？」

「遠足か！」

なんなんだ、この茶番は。軽い頭痛をおぼえ、僕はこめかみを押さえる。せっかくの休日だというのに、鷹央の『捜査』に付き合わされるだけでもげんなりしているのに、鷹央と鴻ノ池がはしゃぎすぎていて、出発前からすでに帰りたくなってきた。

「いくらおやつ買ってもいいですから、行きますよ」

ため息交じりに言うと、「はーい、先生」と鴻ノ池が手を挙げる。鷹央と一緒に『捜査』できることが嬉《うれ》しいのだろうが、普段から高いテンションが今日はさらに上がっていて、うざったいことこの上ない。

もう無視しておこう。僕がそう決めると同時に、エレベーターは一階についた。

「ふざけるな！」

唐突に、開きはじめた扉の隙間《すきま》から怒声が飛び込んでくる。聴覚過敏の鷹央が、びくりと体を震わせた。

なんだ？　エレベーターを降り、土曜日で閑散としている一階フロアを見回すと、この病院の院長である天久《あめく》大鷲《おおわし》が中年の男と対峙《たいじ》していた。顔を紅潮させた男は、しきりに怒鳴り声をあげているが、大鷲はまったく動じるそぶりを見せず、男を見つめている。

二人から少し離れた位置には、この病院の事務長で、鷹央の姉である天久真鶴《まづる》が、不安げな表情で成り行きを見守っていた。

「なにかトラブルか？　叔父貴のやつ、なに絡《から》まれているんだ？」

こめかみを掻きながら鷹央がつぶやくと、こちらに気づいた真鶴が近づいてきた。細身で一七〇センチを超えるモデルのようなスタイル、息を呑《の》むほどに整ったその顔にはアンニュイな表情が浮かんでいた。

「なあ、姉ちゃん、あいつ誰？」

いまにも大鷲に摑みかからんばかりに大声を上げ続けている男を、鷹央は指さす。

「中条《なかじょう》一太《いちた》さんという方よ」

真鶴は疲労が滲《にじ》む声で言う。鷹央は「中条？　誰だ、それ？」と首を傾けた。

「先週、神宮寺由佳さんの腎臓を移植される予定だった人なの」

真鶴の答えに、鷹央の目が大きくなる。

「『予定だった』ってことは、盗まれた腎臓のレシピエントか？　そいつがなんでうちに？」

「三十分ぐらい前に救急外来にやってきて、『この病院が腎臓を盗まれたせいで移植が受けられなかった。どうしてくれるんだ』ってクレームを入れてきたの。そのせいで、救急受け入れができなくなっちゃって……」

真鶴は形の良い眉をしかめる。

「理不尽なクレームで診療に支障をきたしたときは、警察に通報するんじゃなかったですっけ？」

鴻ノ池がつぶやく。様々な患者が押しかける救急外来では、悪質なクレーマーが訪れることも少なくない。最初は救急医が対処するが、手に負えず他の患者の診療が妨げられる場合は、迷うことなく警察に通報するというマニュアルになっていた。

「今回は『理不尽なクレーム』というわけではないから。実際に、中条さんは移植手術を受けられないという被害を受けているし……」

「まあ、それは不幸な出来事だけど、うちの病院にはなにも責任はないはずだろ」

「そうなんだけど、本当につらそうで……。どうすればいいか相談したら、院長が『重大事件の対応は慎重に行うべきだ。私が話を聞こう』って」

深いため息をつく真鶴の言葉を聞いて、僕はあらためて中条という男を見る。

長身でかなり痩《や》せており、皮膚は黒ずんで乾燥している。腕時計はロレックス製で、ポロシャツと革靴も有名なブランドのものだった。あまりに口調が粗野だったので気づかなかったが、かなり金銭的に余裕があるのが見て取れる。ファッショナブルな眼鏡のグラスは、サングラスも兼ねているのか、青みがかっていた。

「なんか『ちょいワル親父《おやじ》』って感じの人ですね」

頭に浮かんだ通りの言葉を鴻ノ池がつぶやくのを聞きながら、ふと僕は中条の左肘《ひだりひじ》の内側に、蛇が這《は》っているかのように太い血管が浮き出ていることに気づく。

「シャントがダメになっているな。それも一つや二つじゃない」

鷹央の眉根が寄った。

腎不全患者は透析の際に大量の血液を体外へと引き出し、それを透析器で浄化してから、また体に戻す必要がある。そのため、腕の奥にある動脈を皮下の静脈に手術で吻合《ふんごう》してシャント血管を作り、透析の際はそこに穿刺《せんし》をする。しかし、時間経過とともに動脈の血圧に耐えられなくなった静脈が膨れ上がることが少なくない。そうなると、また手術で新たなシャント血管を作らなくてはならなくなる。

「あれだけ潰れたシャントがあるということは、かなり長期間、透析を行っているな。おそらくは二十年以上だろう」

「二十年以上ですか……」鴻ノ池の表情が硬くなる。「あの人、五十歳前後って感じだから、若いときから透析をしているってことですよね。……つらいですね」

「ああ、つらいな。完全に腎臓機能を失った場合、命を保つためには週に三回、数時間の透析が必要になる。日常生活がかなり制限される。それに、最近は透析器の性能がかなり上がってきたといっても、完全に腎臓の機能を補填できるわけじゃない。長期間、透析を続ければ、様々な合併症を起こす。残念ながら透析患者の寿命は、健常者に比べてかなり短いのが現実だ」

鷹央の説明を聞きながら、僕は大鷲と中条のやり取りを見守る。

「うちに責任はないなんて、よく言えるな！　あんたたちが腎臓を盗まれたせいで、俺は移植を受けられなかったんだぞ」

声を荒らげる中条のこめかみには、血管が浮き出していた。

「申し訳ないが、腎臓を盗まれたのは私たちではありません」

腹の底に響く声で大鷲が言う。

「なに言っているんだ！　この病院で盗まれたんだろ」

「その通りです。しかし、それは犯行現場がうちの病院だというだけです。腎臓の摘出と搬送は、日本臓器移植ネットワークと移植手術を行う病院が全ての責任を負うことになっています。私たちは手術室を貸しただけで、それ以外のことには一切関与していません。ご理解ください」

「けれど、南港医大も臓器移植ネットワークも謝るだけで、なにもできることはないって言うんだ！」

中条はヒステリックに、整髪料で整えた髪を掻き乱す。

「移植待機リストの上位に回してもらうよう、交渉してみてはいかがですか？」

大鷲の提案に、中条の唇が大きく歪んだ。

「俺はもともと、待機リストの上位にいるはずだ。透析をはじめてから、もう二十七年も経っているんだぞ。二十七年、ずっと俺は移植を待ち続けたけれど、腎臓は回ってこなかった。俺のＨＬＡってやつはかなり珍しいらしくて、適合するドナーはほとんど出てこないんだよ。ようやく……、ようやく回ってきたチャンスだったんだ」

中条は両手で頭を抱えて俯《うつむ》く。その姿は痛々しく、思わず目をそらしそうになる。

「お気持ちは理解できます」

「理解できる!?」

中条の声が裏返った。

「俺の気持ちが理解できるって言うのか？　三十年近く透析してきたせいで、俺の体はもうぼろぼろなんだ。腕の血管ももうシャントを作るのは難しいって言われている。このままじゃ、あと数年で死ぬ可能性が高いんだぞ」

　中条は大鷲の白衣の襟を両手で摑む。しかし、大鷲は抑揚なく「残念です」とつぶやいた。

「残念なんて、簡単な言葉でかたづけないでくれよ……。俺にとっては、最後のチャンスだったんだ……。週に三回の苦行から解放されて、水も塩分も、カリウムも関係なく、好きなように飯を食って酒を飲める最後のチャンス……」

　白衣の襟を摑んだまま、中条はその場に崩れ落ちると、細かく肩を震わせはじめた。

「……いくぞ」

　僕たちを促すと、鷹央はすたすたと離れていく。

「いいんですか、放っておいて」

　追いついた僕が声をかけると、鷹央は肩をすくめた。

「この病院の責任者である叔父貴が出てきているんだ。私たちに出る幕なんてないだろ」

「それはそうですが……。なんというか、あの中条って人が哀れで。なあ」

　僕が水を向けると、鴻ノ池は「ですね」と眉間にしわを寄せた。

「あの男より哀れな奴らがいる。他の臓器の移植が受けられなかったレシピエントたちだ」

　鷹央の言葉の意味を理解し、僕は口元に力を込める。

「確かに透析治療はかなり患者の負担になる。食事の制限も多いし、生活の質は落ちる。ただ、透析が可能な限り、腎移植ができないからといってすぐに命にかかわるわけではない。しかし、他の臓器はそうじゃない」

「はい……」

僕は重々しく相槌を打った。

「心臓、肺、肝臓、これまで強奪されたそれらの臓器は、そのままでは遠くない未来に命を失う可能性が高い患者へと移植される。一連の事件で移植が受けられなくなった結果、命を落としたレシピエントがいる。そして、犯人を見つけなければ、そのような犠牲者がさらに増えるかもしれない」

「殿村が死んだのに、まだ臓器が盗まれる可能性があるんですか？」

「そりゃ、あるだろ。犯人がどうして臓器の強奪をしているのか分からないんだからな。目的が分からなければ、今後の予想なんて立てられないさ」

言葉を切った鷹央はあごを引くと、不敵な笑みを浮かべる。

「だからこそ私が『捜査』をするんだ。なぜ臓器が必要だったのかが分かれば、おのずと犯人の正体が見えてくる。臓器移植とは、ドナーの純粋な善意によって行われる命のリレーだ。私たち医療者は、命のバトンがしっかりレシピエントへと手渡されるよう、全力を尽くさなくてはならない」

「つまり、この『捜査』はある意味、医者としての大切な仕事だというわけですね」

鴻ノ池が興奮気味に発したセリフに、鷹央は「その通りだ！」と力強く答え、大股《おおまた》に進んでいく。その後を追いながら、僕はふと振り返る。

中条は土下座でもするかのように頭を抱えて丸くなり、わずかに肩を震わせていた。弱々しい嗚咽《おえつ》が、人気《ひとけ》のない外来待合に響き渡った。

3

「すみませんね、まともにお茶も出せなくて。今日は土曜日で、家政婦たちにも休みを取らせて、私しかいないもので」

老齢の男性が、ローテーブルにペットボトルの緑茶を置くと、和菓子の載った皿を並べていく。年齢は七十歳前後といったところだろうか。髪は薄く、顔にはシミが目立つ。齢《とし》の割には大柄だった。

「真紀《まき》の祖父で、水上京之介《みずかみきょうのすけ》といいます。成瀬さんからお話はうかがっています」

水上と名乗った男はテーブルを挟んだ向かいにある、本革張りのソファーに座っている僕たちに鋭い視線を送ってきた。

「真紀の心臓の件について、捜査に協力して下さっているそうですね」

この水上京之介の孫である水上真紀の心臓、それこそが一連の事件で最初に奪われた臓器だった。

二十三歳の大学院生だった水上真紀は、三ヶ月ほど前、大学の研究室の仲間たちと川辺にキャンプに行った際に、上流での集中豪雨で突然増水した川に呑み込まれた。三十分ほどして、キャンプ場の関係者により数百メートル下流で発見されたが、その際にはすでに心肺停止状態だった。通報により駆けつけた救急隊員により心肺蘇《そ》生《せい》が開始され、病院への搬送中に救急車内で心拍は再開したものの、あまりにも長い間血流が途絶えていた脳は致命的なダメージを負ってしまった。

搬送先の病院で脳死の可能性が高いと判断された真紀の免許証には、脳死臓器移植を希望するという意思表示が記されていた。

血縁者も脳死状態での臓器提供に同意したため、二ヶ月前、定められた手順により神経内科医が判定を行い、脳死が宣告され、臓器摘出が行なわれた。真紀から摘出された腎臓、肺、肝臓、そして心臓はそれぞれが条件に適合したレシピエントへと届けられるはずだった。

しかし、そこで事件が起きた。東京駅から新横浜に向けて新幹線で臓器を搬送していたコーディネーターが、品川駅を出たところで何者かに襲われ、心臓を奪われてしまったのだ。

それこそが、連続臓器強奪事件のはじまりだった。

「最初の事件が重要なんだ。一度事件を起こした犯人は、その経験により精神的、そして技術的に慣れが生じる。最初の事件と、それ以降の事件では、ハードルの高さが全く違う。その最初のハードルを飛び越えるためには、なにか大きなきっかけが必要だったはずだ。その『きっかけ』を突き止めれば、事件の真相に大きく近づける」

　昨日、鷹央はそう主張し、最初の事件のドナーである水上真紀の遺族とコンタクトを取りたいと成瀬に依頼した。よほど品川署の刑事たちの鼻をあかしたかったのか、成瀬はすぐに真紀の祖父である水上京之介と連絡を取り、こうして僕たちが話を聞けるように取り計らってくれた。

　そして今日、僕たちは京之介に会うため、真紀の実家である文京区の目白台にやってきていた。

「広いお屋敷ですね」

　鴻ノ池がテニスコートほどはある応接室を見回す。五メートルはあろうかという天井からは、煌《きら》びやかなシャンデリアがぶら下がっており、古時計や食器棚など、アンティーク調で重厚感がある家具は高級感を醸《かも》し出している。

「私の父が金の発掘事業を興《おこ》していくらか成功しましてね。まあ、典型的な成金趣味ですが、父が遺《のこ》した会社を私が継ぎ、家族はそれなりに不自由のない生活を送ってきました」

いくらか成功ってレベルじゃないでしょ。僕は内心で突っ込みを入れる。成瀬から教えられた住所をカーナビに入れてやって来たのだが、あまりにも敷地が広く、どこが正門なのかなかなか分からないほどだった。おそらく、百メートル四方ほどの広さがあるだろう。高級住宅街であるこの近辺で、ここまでの土地となると、どれだけの価値があるか想像もつかない。

「この家に一人しかいないって、他に家族は？」

隣に座る鷹央は、なんの気兼ねもなくセンシティブな話題に触れる。小声で「鷹央先生」といさめつつ、僕は彼女の脇腹を軽く肘でつついた。

「なんだよ、痛えな」

鷹央は僕よりも遥《はる》かに強く、肘鉄を脇腹《わきばら》に叩《たた》き込んできた。一瞬、息が詰まり、喉《のど》から「うっ」と呻《うめ》き声が漏れてしまう。鷹央は鼻を鳴らすと、皿に置いてあった和菓子を口に放り込んだ。

「妻は十年以上前に、乳がんで亡《な》くなりました。それ以来、娘と孫と私の三人でこの家で生活してきました。家族はそれだけです」

はっとした表情を浮かべた京之介は、「いや、……真紀はもういないんだったな」と目を伏せた。

部屋に重い沈黙が降りる。なんと声をかけてよいのか分からず居心地の悪い思いをしていると、隣からごくんという嚥下《えんか》音が響いた。

「娘はどうした。あと、義理の息子とかはいないのか？」

空気を読むのが生まれつき致命的に苦手な鷹央が、ずけずけと質問をしていく。ちょっと黙っていたのは、和菓子を咀嚼《そしゃく》していたからだったらしい。

「義理の息子は、真紀が三歳のときに交通事故で亡くなりました。娘の沙也加《さやか》は真紀の死後、精神的に不安定になって、なんていいましたっけ……、適応障害とか抑うつ症状とかいう状態になり、真紀の葬儀の後から田舎にある病院で療養しています」

夫だけでなく一人娘までも事故で亡くせば、精神的に不安定になるのも当然か。僕は内心で、その沙也加という女性に同情する。

「まあ、本当は入院が必要なほど病状が悪いわけじゃないんですよ。ただ、この家にいるよりは、病院に入院していたいんでしょう」

「娘さんとの思い出があるこの家にいるのは、つらいってことですか？」

鴻ノ池が訊ねると、京之介は自虐《じぎゃく》的な笑みを浮かべた。

「それもあるかもしれませんけど、なにより私と顔を合わせることに耐えられないんでしょうね。真紀の件で、私と沙也加の意見はひどく対立しましたから」

「対立って、具体的にはどんなことについてだ」

訊ねつつ、鷹央は僕の分の和菓子に手を伸ばしてきた。その手の甲を僕は軽くはたく。

鷹央は、「けち」と横目で恨めしげな視線を向けてきた。

「もちろん、臓器提供についてです」

「娘さんは真紀さんの臓器提供に反対だったんですか？」

僕が訊ねると、京之介は弱々しく首を横に振った。

「いいえ、私が反対だったんですよ。あんなこと、するべきじゃなかった」

膝《ひざ》の上に置かれた京之介の両手が、震えるほどに強く握りしめられる。

「真紀の心臓はしっかりと動いていた。手を握ると温かくて、血色も良く、本当にただ眠っているだけに見えた。あれで、二度と目覚めることがないと言われても、納得なんてできるわけがない！　もしかしたら奇跡が起こるかもしれないじゃないか！　なにかの拍子に意識が戻るかも……」

京之介は「うっ」と言葉を詰まらせ、目元を押さえる。

一度失われた脳細胞は、二度と再生することはない。たとえ心臓が拍動を続けていても、脳死患者が二度と意識を取り戻すことはないのだ。

しかし、医学的にそれが正しいことを理解し、そして救急部や外科で多くの『死』を目《ま》の当たりにしてきた僕自身も、親しい人が脳死状態になったとき、まだ肉体が生命活動を続けているその人物の『死』を受け入れられるか、自信はなかった。

「いや……。脳死と聞かされたとき、私は真紀が逝《い》ってしまったことは受け入れたんだ。

けど、あの子の体は生きていた。その体から内臓を取り出して、誰かに渡すなんて正気とは思えない」

痛みに耐えるような表情で話すその姿からは、愛する孫を喪《うしな》った悲痛な気持ちは十分に伝わって来た。

「しかし、水上沙也加の考えは違ったんだな？」

息を乱す京之介に、鷹央は淡々と訊ねる。京之介は大きく息をつくと、肩を落とした。その体が一回り小さくなったかのように見える。

「ええ、まったく違いました。私のことを『頭がおかしい』『そんなことさせない』と金切り声で罵《ののし》ってきました。絶対に臓器提供をすると言い張って聞かなかった」

「どうしてそこまで、臓器提供をすることにこだわったんでしょう？」

鴻ノ池の問いに、京之介は白髪が目立つ髪を乱暴に掻き上げた。

「それが真紀の『遺志』だからだということだった。優しいあの子は最期《さいご》に、自分の命を他の人々に分け与えることを望んだ。あの子の臓器はそれを移植された人々の中で生き続ける。それは、あの子が生き続けるようなものだ。そんなことを言っていたな」

京之介は小馬鹿《こばか》にするように鼻を鳴らす。

「臓器を移植された患者が、ドナーの記憶を見たり、ドナーに似た性格になるなんていう与太話まで持ち出してきた」

「与太話と断言できるものではないぞ。たしかに、そのような報告も少なからずある」

反論した鷹央を、京之介は睨《にら》む。

「……医者なのに、本当にそんなことがあると信じているんですか？」

「信じているわけではない。科学的に立証されたものではないので、疑わしいのは確かだろう。しかしだからと言って、絶対にないとは言い切れない」

「それは『悪魔の証明』というものだ」

「ああ、その通りだな。だから、『あり得ないという証拠を出せ』とは言わない。ただ、どんな可能性もすべて頭に入れておくべきなんだ。そのうえで、ありとあらゆる可能性を検討し、真実を追求していく。それこそが科学というものだ」

　鷹央は胸を張り、力強く言う。

「『常識』というものは、たんなる『先入観』であることが少なくない。常識と思われていた天動説が科学によって否定され非常識となり、代わりに暴論として迫害されてきた地動説が新しい常識になったように、現代の科学で証明不可能だからといって、間違いと断定することはできないんだ。自分が理解不能なものを頭から否定する。それは差別を生み出すリスクを孕《はら》んでいる。だからこそ私たちは、『自分こそ正しい』という『常識』を捨て、『可能性』にこうべを垂れるべきだ」

　一息に話した鷹央は、素早く僕の和菓子に手を伸ばす。演説に聞きいって反応が遅れた僕から和菓子を奪った鷹央は、それを口の中に押し込んだ。

「……いい話を聞かせてもらって、ちょっと感動していたのに」

「それなら、礼として和菓子ぐらい安いものだろ。私の超人的な脳は常に複雑な思考が走っている。だからこそ、普通の人間よりもブドウ糖というエネルギーを必要とするんだ」

反論するのも面倒になって聞き流していると、京之介は静かに言った。

「なんにしろ私は、臓器提供だけはして欲しくなかった。あの子の体を綺麗《きれい》なまま残して欲しかったんだ」

「しかし、お前の『意見』は受け入れられず、臓器提供は行われることになったんだな」

鷹央が確認すると、京之介は「……ええ」と眉間《みけん》にしわを寄せた。

「成人している真紀のはっきりとした意思表示があり、さらに母親である沙也加が賛成していることで、臓器提供は可能だということでした。私は最後まで反対しましたが、それでも摘出手術は強行されました。あいつらは真紀の体から取り出した臓器を、どこかに持っていったんです」

「そして、心臓が盗まれた……」

鷹央がつぶやくと、京之介の眉間に刻まれたしわが深くなる。

「そうです。信じられなかった。真紀の体を切り刻んでまで取り出した心臓が盗まれるなんて。それを聞いたときは頭が真っ白になった。だから、私は娘をなじりました。『臓器移植なんてしなければ、大切な心臓が盗まれることもなかったんだ。孫の魂を返せ』ってね」

「魂？」

僕が反射的に聞き返すと、京之介は自らの胸に手を当て、表情をゆがめた。

「魂があるのは心臓だ。それを他人に渡すことすら信じられないのに、まさか盗まれるなんて」

医学的に言えば、心臓は全身に血液を送り出す強力なポンプだ。もし人間の自我を『魂』と呼ぶならば、それがあるのは大脳だろう。しかし、胸の中心で力強く脈打つ心臓にこそ『魂』が宿るという感覚をおぼえるのは十分に理解できるし、そのようなとらえ方は世界中にある。わざわざ指摘するのは野暮というものだろう。

ただ、そんな野暮な正論を言い出しそうな人がいるんだよな……。

僕はそっと横目で鷹央の様子をうかがう。幸いなことに、鷹央は腕を組んで考え込んでいて、余計なことを口にするそぶりは見せなかった。

「……殿村のことは知っているな？」

腕を解いた鷹央が大きく話題を変える。京之介の白い眉がピクリと動いた。

「ええ、もちろん知っていますよ。真紀の葬儀について、色々と親身に相談に乗ってくれましたから。火葬した真紀の骨を拾うときも、初めての経験の私に丁寧にやり方を教えてくれました。まさか、彼が犯人と通じていたなんて……」

　大きく息を吐く京之介の姿からは、深い疲労が滲んでいた。

「葬儀がおわったあとも、私は娘を責め続けました。ことあるたびに、『お前のせいだ』『私の言う通りにしておけば』と娘に当たり続け、沙也加と私の間には決定的な亀裂が入りました。私は孫と娘を、全ての家族を喪ったんですよ。真紀が研究室のキャンプなんかに誘われなければ……」

　京之介は目元を片手で押さえると、力なく首を横に振った。部屋に重い沈黙が降りる。

「え、えっと……。真紀さんはなんの研究室に入っていたんですか？」

「考古学ですよ。古代エジプトの考古学。それがあの子の専門でした。とても優秀だった」

　顔を覆《おお》っていた手をおろした京之介の表情が、ふっと緩んだ。

「エジプトということは、ピラミッドとかファラオとか、スフィンクスですよね」

　適当極まりない知識を披露した鴻ノ池は、両手を合わせる。

「女性の考古学者とかかっこいいですね。けど、どうしてエジプトを専門にしたんでしょう」

「血筋かもしれませんね」

京之介は、弱々しく微笑んだ。鴻ノ池は不思議そうに「血筋？」と聞き返す。

「ええ、私の父はエジプトの考古学のアマチュア学者でもあったんですよ。まだ事業がうまくいっていない頃に旅行で行ったエジプトで、占い師にお前は金の採掘で成功すると告げられたということです。それを信じて投資をしたところ、大当たりで莫大《ばくだい》な財産を築きました。そして稼いだ金を使って、エジプトからいろいろな発掘品を輸入したんです。とり憑《つ》かれたかのようにね」

「京之介さんも詳しかったりするんですか？」

重い空気を払拭《ふっしょく》しようとしているのか、鴻ノ池はやけに明るい声で言う。

「いえいえ、私は全然」

力なく微笑むと、京之介はかぶりを振る。

「まあ、子供時代に父から耳にタコができるほどに古代エジプトのことについては聞かされましたが、学問的な興味は湧《わ》きませんでしたね。父からは知的好奇心より、商売の才能を受け継ぎました。そちらの方が性に合っていたんですよ」

「じゃあ、京之介さんが真紀さんに、古代エジプトのことを教えたわけじゃないんですか？」

「いや、少しは教えましたよ」

　京之介は目を細めると、空中を眺める。そこに孫との思い出を見ているのだろう。

「まあ、親父の受け売りでしたけどね。ただ、真紀は私が話す古代エジプトの神々の話を真剣に聞いてくれました。そして、そのうちに自分で調べるようになり、やがて考古学者を夢見るようになりました」

「夢に向かって進んでいたんですね」

　京之介は「ええ……」と哀愁のこもった口調で言う。

「あの子は本当に頑張っていましたよ。目標としていた大学に入り、尊敬する教授のゼミに入って、頑張っていたんです。そして、私にはあの子の研究を全面的にサポートするだけの財力があった。真紀はきっと、素晴らしい考古学者として、名を残すはずだったのに……。きっと研究室の奴《やつ》らが、無理に真紀をキャンプなんかに連れていったんだ。泳げない真紀を川に誘うなんて……」

　京之介は悔しそうに唇を噛《か》む。わずかに軽くなっていた空気が、再び鉛のように重量を増していく。

「あ、あの……」

　僕はおずおずと京之介に声をかける。

「真紀さんの仏壇はどちらに？　四十九日はもう過ぎているから、お骨はないでしょうけど、もしよろしければ、お線香をあげさせていただきたいのですが」

「仏壇はありません。火葬した骨は、すぐに山梨にあるうちの墓地に葬《ほうむ》った。私の妻が眠っている墓のそばです」

「ああ、そうなんですね。申し訳ありません」

これは失敗してしまった。首をすくめながら謝罪すると、京之介は「いや、気にしないで下さい」と力なく微笑んだ。

「真紀を弔いたいという気持ちはとてもありがたいです。もしよければ真紀の自慢の〝研究室〟でも見ていってください。きっと、あの子も喜びます」

「研究室？」

鷹央は目をしばたたく。

「この屋敷の裏手にある、倉庫を改造した建物ですよ。私の父がかき集めた、大量の収集物が保管されているんです。真紀はいつも、そこで勉強をしたり、論文を書いたりしていました。自分の部屋より長い時間、いた場所かもしれませんね」

京之介は僕たちの返事も待たずソファーから立ち上がると、出入り口に向かって歩きはじめる。鷹央は「それは興味あるな」とついていく。僕と鴻ノ池は顔を見合わせたあと、二人のあとを追った。

正面玄関から出て屋敷の裏手に回ると、レンガ造りの平屋建ての建物が見えてきた。レンガの質感からかなり古い作りのようだが、整備がしっかりしているのかお洒落で、レトロなカフェといった雰囲気を醸し出している。

「鷹央先生の〝家〟にちょっと似ていますね」

「なに言っているんだ舞《まい》、私の〝家〟はもっと可愛《かわい》らしいだろ」

「外見はそうですね。けど、僕は最初に中を見たとき、魔女の棲家《すみか》にでも迷い込んだかと思いましたよ」

「おい、小鳥。誰が『魔女』だ」

「いや、そういう意味じゃ……。痛いから、足を蹴《け》らないで下さいよ」

僕たちがそんなどうでもいい会話を交わしているうちに、京之介は鍵《かぎ》を外し、重そうな観音開きの扉を開いた。遮光カーテンが閉まっているせいか、中は暗く、よく見えなかった。

京之介が扉のそばにあるスイッチを入れる。天井の電灯から降り注ぐ橙色《だいだいいろ》の光に浮かび上がった光景に、僕たちは思わず「うわぁ」と感嘆の声を上げた。

テニスコートほどの広さの部屋の中央を通路が貫き、その左右に所狭しと棚やガラスケースが並んでいた。それぞれの棚には、金の装飾品、石像、象形文字の記されたパピルス紙など、様々な古びた（おそらくは古代エジプトのものと思われる）収集品が収められている。博物館の倉庫に迷い込んでしまったような心地になる。

「これは全《すべ》て、個人の所有物なのか？」

鷹央はそばにあるガラスケースの中を、かぶりつくように見つめる。

「ええ、ほとんど父が買い集めたものですね。真紀にねだられて私が買ったものも少しありますけど」

懐《なつ》かしそうに京之介は目を細める。

「へー、すごいなぁ。よく分からないけど、かっこいい」

鴻ノ池は左右を見回しながら、通路を奥に進んでいく。数メートル進んだところで、通路のど真ん中に横向きに鎮座しているガラスケースを覗き込んだ鴻ノ池は、「わっ⁉」と声を上げて後ずさった。

「どうした？」

僕が駆け寄ると、鴻ノ池は目を大きく見開いたままガラスケースを指さす。その中に収められているものを見て、僕は大きく息を呑んだ。

それは、ミイラだった。飴色《あめいろ》の包帯に全身を包まれ、両腕を胸の前で交差したミイラが、大きな棺《ひつぎ》の中に収められている。そのそばには、四つの古びた壺《つぼ》が置かれていた。

「ああ、驚かせたみたいですね」

軽い笑い声をあげながら近づいてくると、京之介はミイラが入っているガラスケースの表面を撫《な》でる。その姿を見て、僕は「ああ、なるほど」と声を上げる。

「レプリカなんですね。いや、本物のミイラかと思って驚きました」

「いえ、本物ですよ。三千年ほど前にエジプトで作られたミイラですが、それがどうかしました？」

「いや、どうかしましたって……。個人の家にミイラなんて……」

「父のコレクションの一つですよ。江戸時代に輸入されてきたものが保管されていたんで、それを買い取ったらしいです。ちゃんと許可は取っていますからご心配なく」

「輸入って、ミイラをですか……？」

鴻ノ池がいぶかしげにつぶやくと、すたすたと近づいてきた鷹央が、ガラスケースを覗き込んだ。

「ミイラはかつて、メジャーな輸入品だったんだよ。主に漢方薬の材料などに使われていた」

「漢方薬って、まさか飲むんですか⁉」

鴻ノ池の頬がこわばる。

「ああ、飲むぞ。ただ、ほとんど薬効はなかったから、やがてすたれたけどな。あとは染料の材料などにも使われていたことがあったらしい」

「お詳しいですね。その通りです」

京之介は嬉しそうに、大きく両手を広げる。

「この部屋には、ミイラよりも遥かに価値のあるものがたくさんあります。それらを丹念に調べながら、真紀はここで自分の研究に打ち込んでいました」

「愛するものに囲まれて、研究にあけくれていたというわけか。幸せな環境だな」

鷹央は部屋の奥へと行く。そこには年季の入ったデスクが置かれ、天井に届きそうなほどにそびえ立つ本棚には、考古学の専門書が大量に詰め込まれていた。デスクが接している奥の壁の、高い部分に作られた棚には、三十センチほどの大きさの、鳥の頭部をした人間の、金色に輝く像が飾られている。

「ここで生活できそうだな」

京之介は「ええ、できますよ」と頷く。

「改装したとき水回りを整備して、シャワー室とトイレも作りました。実際、真紀はよくここで寝泊まりをしていました」

「そして、論文を書いていたんだな」

鷹央はデスクの上に置かれたノートを開く。そこには、この部屋にある収集品のスケッチとともに、びっしりとメモ書きと思われる文字が記されていた。

「残念だ。これだけ学問を愛した若者が、志《こころざし》なかばで命を落とすなんて。本当に悲劇だ」

鷹央は哀《かな》しげに眉《まゆ》をしかめると、ゆっくりとノートを閉じる。その態度からは、死者を悼《いた》む気持ちが強く感じられた。

「きっと、真紀の魂はいまもここにある。私はそう感じるんです」

ミイラのガラスケースに触れたまま、京之介は天井を見上げる。

「あの子を喪ってから、私はときどきここで寝泊まりするようになりました。ベッドに横たわって目をつぶると、あの子の存在を感じることがあるんです。またいつかあの子と会える。そんな気持ちになるんですよ」

柔らかい声で京之介はつぶやく。

橙色の電灯の淡い明かりが、哀愁に満ちた京之介の顔に降り注いでいた。

4

「だから、そのことは何度も警察に話したんだよ。いい加減にしてくれ」

がなり声がタバコ臭い部屋に響き渡る。デスクの向こう側で革張りの椅子《いす》にふんぞり返っている太った中年男は、大きく舌を鳴らした。

水上家をあとにした僕たちは、次の目的地に行く前に昼食を取った。ただ、そこでひと悶着《もんちゃく》あった。鷹央が「ホットケーキ食べたい！　蜂蜜《はちみつ》がいっぱいかかったやつ！」と主張すると、鴻ノ池が「えー、私は韓国料理が食べたいです」と我儘《わがまま》を言い出したのだ。お互い、なかなか譲らないので、最終的になんでも頼めるファミリーレストランに行くことで落ち着いた。

腹が膨れた僕たちは、水上真紀の葬儀を行ったというこの小さな葬儀社を訪れていた。

ここに勤務していた殿村の話を聞くために、成瀬を通じてアポイントメントを取っていた。しかし、社長である米良《めら》という男は一応社長室には通してくれたものの、「あんたらと話している暇はないんだよ」と取り付く島もない態度で言い放った。

「なんだよ。成瀬には話をしてもいいと言ったんだろ」

鷹央が頬を膨らませると、米良は禿《は》げあがって脂《あぶら》ぎった頭を乱暴に掻《か》く。

「いきなり刑事から電話がかかってきて、高圧的に話を聞かせろって言われたんだぞ。分かりましたって言うしかないだろ」

つまり、話を聞きに来たのがいかつい刑事ではなく、小柄で童顔の鷹央だから、なめているということなのだろう。

「今日から出張で、あと一時間で出ないと間に合わないんだよ。乗り遅れたら、せっかくとったホテルからなにからキャンセルしないといけないんだ。分かったら出ていってくれ」

米良は虫でも追い払うように手を振った。

「あと一時間あるんだろ。こんな押し問答している間に私の質問に答えればいい」

「あのなあ、出張って言ってもいろいろと準備があるんだよ。なんにしろ、あんたと話している余裕なんてないんだ」

「ここから殿村を通じて情報が漏れたせいで、水上真紀の心臓は盗まれたんだぞ。責任は感じないのか？」

鷹央の声が低くなる。米良は一瞬、「うっ」と言葉を詰まらせるが、すぐに思い直したようにだみ声を響かせた。

「責任を感じているからこそ、何度も警察の事情聴取に応じたんだよ。わざわざ、こっちから品川の警察署まで何度も行ったんだぞ。それに、殿村の野郎が使っていたデスクとかロッカーも好きなだけ調べさせた。そのせいで、何日か仕事ができなくなって、大損害だったんだ。もう十分に責任は果たした。そもそも、あんたら警察じゃないんだろ。そんな奴らに話をして、なんの意味があるっていうんだ」

米良と鷹央は、険しい表情で睨み合う。

ああ、これは僕の出番かな。僕は「まあまあ、二人とも落ち着いて下さい」と声をかけた。人付き合いが致命的なほどに苦手な鷹央と他人の間をうまく取り持つのが、『捜査』においての僕の主な仕事だ。

……診断学を学ぶために統括診断部に出向したはずなのに、なんで僕はワトソンみたいなことしているんだろ。

胸に湧いた疑問を押し殺しながら、僕は米良に向き直る。

「少しだけお時間を頂けませんか。成瀬さんからお聞きになったとは思いますが、水上真紀さんの心臓を盗んだ犯人を見つけるため、警察に協力をしているんです。医師として警察と違う角度から事件を見ることで、なにか新しい発見があるかもしれません。すぐに終わりますから」

米良の表情に迷いが浮かぶ。あと一押しだ。そう思って僕が口を開きかけたとき、鷹央が「おい」と声を上げた。

「すぐ終わるとは限らないぞ。事件の手がかりを得るためには、十分に情報を得る必要があるからな。場合によっては何時間でも……」

「ちょっと黙っていてください！」

せっかくの説得を台無しにされた僕に叱《しか》られた鷹央は、「なんだよ」と唇を尖《とが》らせた。

「やっぱり話すことはない。そもそも、あんたら警察に協力しているんだろ。それなら、俺はなんて証言をしたのか、警察から話を聞けばいいだろ」

「それは……」

米良の聴取を行ったのは、品川署の捜査本部に属している刑事たちだ。成瀬とともに彼らを出し抜こうとしている僕たちが、情報をもらえるわけがない。

どう取り繕おうか僕が悩んでいると、ノックの音が響き、扉が開いた。

「社長、ちょっとよろしいですか」

濃い化粧をした三十前後の女性秘書が、顔を覗かせる。社長は「んー、どうした？」

と相好を崩す。

「奥様からお電話がありまして、大涌谷《おおわくだに》の温泉卵を買ってきて欲しいとのことです。あの真っ黒なやつです」

秘書は「どうしましょう」と不安げにつぶやきながら、口紅のせいかやけに光沢のある肉感的な唇に指を当てる。

「色々と打ち合わせがあるから、大涌谷なんかに寄っているひまはない。うまい温泉饅《まん》頭《じゅう》を買っていくから我慢してくれと伝えてくれ」

米良はそう言うと、「あの店だ」と、僕でも知っている箱根の有名店の名前をあげる。

「分かりました。そうお伝えします。あっ、私、今日半休を頂いていますので、もう上がりますね。それじゃあ社長、また」

明るい声で言って秘書が姿を消す。

「やけにセクシーな秘書さんでしたね。ちょっと化粧濃すぎる気もするけど」

鴻ノ池が小声で囁《ささや》いてくる言葉を聞き流しつつ、どうやって米良を説得しようか再び悩みはじめた僕は、目をしばたたく。

鷹央が笑みを浮かべていた。楽しげに細められた目と、緩んだ口元が、彼女がなにか良からぬことを企《たくら》んでいることをうかがわせる。

「出張の場所は箱根か。しかし、大涌谷に寄らないなんてもったいない。少しぐらい観光してみてもいいんじゃないか。あそこの温泉卵は一つ食べたら七年寿命が延びると言われている。私なら絶対に行くぞ。土産も買えるし、一石二鳥だ」

あなたは絶対に行かないでしょ。大涌谷までの山道なんてのぼれる体力ないんだから。僕が内心で突っ込みを入れていると、米良の目が険しくなった。

「あんたには関係ないだろ。別の土産を買っていくんだ。それで十分だ」

「ああ、そうだったな。代わりに有名店の饅頭を買うんだな。あまりにも有名で、箱根以外の店でも買えるほど展開している店の饅頭をな」

「……なにが言いたいんだ？」

米良の口調に、かすかな動揺が滲む。

「いやいや、ちょっと不思議に思っただけだよ。どうしてお前が、そんなに時間を気にしているのかな。箱根ならここから電車を使って三時間ぐらいか。別に私と話して少しぐらい遅れても、問題ないだろ」

「打ち合わせがあると言っただろ。それに遅れるわけにはいかないんだ」

米良の額に脂汗が浮かびはじめる。

「ああ、なるほど打ち合わせか。それなら、仕方がないな」

そこで一拍おいた鷹央は、あごを引いて上目遣いに米良に視線を送った。

「けれど、お前はさっきこう言っていたぞ。『ホテルからなにからキャンセルしないといけないんだ』ってな」

米良のあごの贅肉《ぜいにく》が、ぶるりと震えた。

「打ち合わせに遅刻しただけで、なんで『ホテルからなにから』をキャンセルしないといけないんだ？　良かったら、納得できる説明をしてもらえるかな」

「いや……、それは……」

米良はうつむくと、しどろもどろになる。

「考えられる可能性は一つだな。もし遅刻したら、ホテルがある目的地に行けなくなるからだ。さて、そうなると移動手段は電車ではなくなる。指定席を取っていたとしても、チケットを取り直せばいいだけだし、自由席で行くこともできる。つまり、お前が今日乗る予定なのは電車ではない」

鷹央は顔の横で左手の人差し指を立てる。

「飛行機だ」

米良の口から「うっ」と、喉が詰まったような音が漏れる。

「空港に行って飛行機に乗る予定だとしたら、大涌谷でしか売っていない温泉卵の代わりに、箱根にある有名店の饅頭を土産に買っていくと妻に告げた理由も分かる。羽田《はねだ》空港などには、日本各地から取り寄せられた土産物を売っている店があるからな。そこで饅頭を買って、箱根に出張に行っていたと妻に思わせようとしたんだろ」

青ざめた表情で黙り込む米良の姿は、鷹央の推理が完璧《かんぺき》に当たっていることを物語っていた。

「さて、お前が行こうとしていたのはどこなんだろうな。いまの季節なら沖縄《おきなわ》とかいいかもしれないな。そういえばお前、右手は日焼けしているのに、左手は全然だな。それはゴルフをやる奴の特徴だ。左手だけグローブをつけるからな。さっき言っていた『ホテルからなにから』の『なにから』は、もしかしてゴルフのことか？　沖縄でゴルフか、そりゃ楽しみだな。絶対に飛行機に乗り遅れたくないって気持ちも理解できるよ」

　脂肪を大量に蓄えた体を細かく震わせる米良を嬲《なぶ》るかのように、鷹央は楽しげに言葉を浴びせかける。

「でも、なんで沖縄旅行を奥さんに隠す必要があったんですか？　自分だけ一人で贅沢したら、怒られるから？」

　鴻ノ池が不思議そうにつぶやくと、鷹央は「一人だけじゃなかったとしたら」と、唇の端を上げる。米良の体の震えが大きくなった。

「一人だけじゃない？」

　鴻ノ池は小首をかしげる。

「ああ、そうだ。右手だけ日焼けをしていたのはこの男だけでない。さっき部屋に入って来た秘書も同じだった」

僕はほんの数分前に見た、女性秘書の姿を思い起こす。しかし、その顔だけがうっすらと脳裏に浮かぶだけで、彼女の手元がどうなっていたかまでは全く覚えていなかった。

この人、あんな一瞬でそこまで観察してたのか。相変わらず、とんでもない観察力だな。尊敬と呆《あき》れを同程度ブレンドした僕の眼差しを浴びつつ、鷹央は朗々と話を続ける。

「あれだけメイクをしっかりする女なら、普通は美容のために日焼け止めを塗るはずだ。にもかかわらず、一見して分かるほど右手だけ日焼けしているということは、かなりゴルフをしていると考えられる。しかし、ゴルフは金のかかる趣味だ。この会社の秘書の給料だけで、そんな頻繁に行くのは厳しい」

「それって、もしかして……」

鴻ノ池が湿った視線を米良に注いだ。

「ああ、そうだ。あの秘書はこの男の愛人なんだろうな。今日から愛人と二人で沖縄へ行って、リゾートホテルにでも泊まり、ゴルフを楽しむ予定だった。そうだろ？」

米良は俯いたまま、息を乱す。こちらに向けられた髪のない頭からは、止め処《とど》なく脂汗が滲《し》みだしていた。鴻ノ池の口から、「最低……」と、軽蔑で飽和した言葉が漏れる。

「さて」

鷹央は柏手《かしわで》を打つように両手を合わせる。パンッという小気味いい音が社長室に響いた。

「あらためて『お願い』しよう。ちょっと話を聞かせてもらえないかな？　もしお前がどうしても無理だというなら、お前の自宅に押し掛けて、留守番中の妻と話をするとしよう。残念ながらこちらは大した情報は得られないだろうが、逆にお前の妻はとても大切な情報を手に入れてしまうかもな」

それ、『お願い』じゃなくて、『脅迫』だよ。心の中で突っ込むが、米良に同情の余地はないので、僕は口をつぐんでいる。

「な、なんでも話す。なにが知りたいんだ？　なんでも聞いてくれ！」

完全に白旗を上げた米良を睥睨《へいげい》すると、鷹央は「そうだな……」と鼻の頭を掻く。

「殿村はこの会社の正社員ではなかったんだよな？　それなのに、水上真紀の葬儀について家族と何度も打ち合わせをして、中心になって進めている。どうしてだ」

「三ヶ月くらい前にベテランの社員が急に退職して、若手を指導したりできる奴がいなくなったんだ」

「急に退職、ね。どうせ、あの愛人に貢《みつ》ぎすぎて、他の社員へのボーナスを出し渋ったりとかでもしたんだろ」

米良は首をすくめて黙り込む。どうやら図星のようだ。鷹央は「まあいい。で？」と先を促す。

「本社に経験のある社員を一、二ヶ月、派遣してもらえないか頼み込んだ。それでやって来たのが殿村だ」

「なるほどな。だから水上真紀の葬儀を中心になって仕切っていたのか。殿村の仕事ぶりはどうだった？」

「それについては素晴らしかった。この業界で三十年近く働いていただけあって、即戦力だったよ。うちに引き抜きたいぐらいだ」

「愛人の秘書と同じくらいの手当てをやれば、引き抜けたんじゃないか」

鷹央の揶揄《やゆ》に、米良は目を伏せる。

「いや……、殿村の奴はなんというか、いろいろな場所を転々としながら働きたいらしくて。借金取りに会社に押し掛けられたくないとか……。そんなことを、指導を受けた若手が聞いたらしい」

「そうやって色々な葬儀社に働きに行っているうちに、知り合いが多くなり、情報のネットワークを作っていったのか。それを利用して、脳死臓器移植が行われるという情報を手に入れていたわけだな」

「あの……。もういいかな？　そろそろ準備して空港に向かわないといけないんだが……」

米良の顔に媚《こ》びるような卑屈な笑みが浮かぶ。鷹央は「ああ？」と、ネコを彷彿《ほうふつ》させる目をすっと細めた。

「なに寝言いっているんだ？　重要なのはこれからだ。飛行機に乗って不倫旅行に行きたきゃ、私の質問にキリキリ答えろ。大枚払った旅行をキャンセルしたくないだろ」

「わ、分かったよ。なにが訊《き》きたいんだよ」

鷹央、鴻ノ池、そして僕から氷のように冷たい視線の集中砲火を浴びた米良は、半泣きになる。

「当然、水上真紀の葬儀についてだ。いつもと違ったことはなかったか？　なにかトラブルとかは？」

「いや、別に話すべきようなことは……」

「話すべきことかどうかは、私が判断する。お前はただ、知っていることを全部話せ。時間がないんだろ。ほれ、早くしろ。さっさとしろ」

鷹央にせかされた米良は、「ううっ」とうめきながら、太り過ぎでやけに短く見える首をすくめた。

「病院から連絡があったんだ。二週間後に脳死臓器提供を行う患者がいるから、その葬儀の準備をしてくれって」

「それで、殿村を向かわせたんだな」

「ああ、そうだ。脳死臓器提供みたいに、最初からいつ亡くなるか完全に分かっていることなんて、ほとんどない。そんなイレギュラーな葬儀のコーディネートができるほど経験があるのは、殿村だけだったからな。それに水上家は、この辺りでは有名な名家だ。できるだけ丁寧に対応して、恩を売っといて損はない」

「すがすがしいまでの俗物だな、お前。で、葬儀の準備は順調だったのか？」

「準備……」

記憶を探っているのか、米良は禿げあがった頭に手を当てる。

「ああ、そうだ。順調なんかじゃなかった。患者の家族の意見が合わなくて、全然準備が進まないって困っていたよ」

「家族の意見が合わない？　その家族っていうのは誰だ」

「水上真紀の母親と祖父だな」

「具体的にはどう合わなかったんだ？」

「母親の方は臓器提供に同意していたけれど、祖父の方はそれに大反対だったらしい。まだ心臓が動いているのに、そこから内臓を取り出すなんてあり得ないって激怒していたらしいな」

それはついさっき水上京之介の口から直接聞いていた。鷹央は「殿村の反応は？」と先を促す。

「困っていたよ。そりゃそうだよな。葬儀自体が行われるかどうかが分からないんだから。母親と祖父は打ち合わせの場でかなりひどく罵り合っていたらしくてな、殿村も消耗していた。『遺体が出てからあらためて連絡してくれよな』とか文句を言っていたな。そんな感じで色々とトラブルがあって大変だったらしい」

「おい」鷹央が鋭く言う。「『色々と』とか、適当にごまかすな。そのトラブルの内容を詳しく教えろ」

「それは……、えっと……、たしか祖父が『火葬なんてとんでもない』とか、『仏教式もキリスト教式も許さない』とか、葬儀について難癖をつけてきたということだった。まあ、どうにかして葬儀の準備を邪魔して、孫の臓器提供を止めようとしていたんだろうな」

「火葬……、仏教式……」

鷹央は腕を組んでぶつぶつとつぶやきだした。それを見て、そっと米良が椅子から巨大な臀部《でんぶ》を上げる。この隙《すき》に逃げ出して、空港へ向かえないか考えているようだ。

「それで、米良さん」

牽制《けんせい》のために僕が声をかけると、米良は「はい！」と背筋を伸ばした。

「それだけ家族間でもめていたのに、最終的に臓器摘出手術は行われたんですよね。なにがあったんですか？」

「そこまでは知らねえよ」

米良は軽くかぶり振る。

「最初の打ち合わせから一週間ぐらい経《た》ってから、殿村に進捗《しんちょく》を報告させたんだ。そうしたら、『もう全部解決しました』だってよ。祖父が折れたってことだった。まあ、高齢でいつまでも突っ張っているほどの気力がなかったんだろうな。母親の希望通り、臓器摘出をしたあとキリスト教式の家族葬をすることになった。難しい仕事をまとめた殿村も、晴れ晴れとした表情をしていたよ」

　殿村が晴れ晴れとした表情をしていたのは、本当に仕事がうまく進んだからだろうか？

　殿村はおそらく水上真紀が臓器摘出をするという情報を、連続臓器強奪犯に流している。もしかしたら、その情報を売ることで借金返済の目途が立ったからこそ、殿村はそのとき明るくなっていたのではないだろうか？

　殿村はいったい誰に情報を流したのだろう？　最初は違法臓器移植を斡旋《あっせん》する組織に情報を流すことで、そこからの借金を相殺《そうさい》してもらっているのだと思っていた。しかし、先日、天医会総合病院で強奪され、神宮寺由佳の遺体に隠して殿村が搬送した腎臓《じんぞう》が、臓器移植のために必要な処置を全くされていなかったことから、移植のために臓器を盗んでいたという可能性は低くなっている。

　誰が、なんのために、大金を払って移植もできない臓器を集めているというのだろうか。思考がこんがらがり、頭痛をおぼえていると、無言で考え込んでいた鷹央が口を開いた。

「葬儀の当日はどうだ？　なにか変わったことはなかったか？　どうせ、お前は葬儀に立ち会ったんだろ」

「なんで俺が立ち会ったって……」

米良が腫《は》れぼったい目を見開くと、鷹央は形のいい鼻を鳴らした。

「自分で言っただろ。水上家は名家だから恩を売っといて損はないって。そんな奴が、もっとも恩を売るのに適切な葬儀当日に立ち会わないわけない」

渋い表情で黙り込む米良に、鷹央は「で、どうだったんだ？」と答えを促す。

「別に大したことはなかったよ」

「じゃあ、『大してないこと』はあったんだな。それを詳しく話せ。必要な情報なのかどうかの判断は私がやるって言っただろ。ほれ、さっさと話せ」

鷹央に詰め寄られた米良は、「わ、分かったって」と身を守るように体の前に両手を掲げる。

「ちょいと殿村の奴が、火力の調整に失敗したんだよ」

「火力の調整？」

鷹央はいぶかしげに聞き返した。

「ああ、そうだ。炉に棺を入れたあとは、俺は遺族につきっきりになった。かなり険悪なムードだったからな。うまく取りなして、こっちのおぼえを良くしようと思ったんだよ」

米良は「あまりうまくいかなかったけどな」と禿げ上がった頭を撫でる。

「険悪って、どんな感じだったんですか？」

鴻ノ池が訊《たず》ねる。米良は大きく手を振った。

「母親はものすごく落ち込んでいた。なんと言っても、娘の心臓が盗まれたんだからな。そして、祖父がねちねちとそのことを責めていた。『だから、私の言う通りにしておけばよかったんだ』みたいにな。あまりにも空気が悪くて、逃げ出したかったよ」

「で、火力がうんぬんはどういうことだ」

焦れた様子で鷹央が訊ねる。米良は大きくため息をついた。

「喉仏の骨がなかったんだよ。分かるだろ、喉仏」

「ええ、もちろん。最後に骨壺に入れる骨ですよね」

僕が答えると、米良は首を縦に振る。

「ああ、そうだ。一番大切な骨だ。火葬した骨を箸《はし》で骨壺に入れていく骨上げを行い、そして最後に喉仏の骨を収める。それが決まり事だ」

「正確には、骨上げの最後に入れる骨は、一般的に『喉仏』と呼ばれる喉頭《こうとう》隆起の骨ではない。あれは甲状軟骨の突起部だから、火葬の際には完全に焼け崩れていることが多い。火葬時に『喉仏』と呼ばれるのは第二頸椎《けいつい》だ。第二頸椎は軸椎とも呼ばれ、左右に突起した軸骨が広がっている。それが座禅をしているブッダの姿に似ているから、喉仏と呼ばれ……」

「鷹央先生、鷹央先生」

『喉仏』についてのトリビアを滔々《とうとう》と述べはじめた鷹央を、僕は慌《あわ》てて止める。放っておけば、何時間も脊椎《せきつい》の骨の一つ一つについて、そこから出ている神経の支配する領域や、日本に伝わった仏教がどのように庶民にまで広がっていったのかまで説明し続けるだろう。

　気持ちよさそうに知識を吐き出していた鷹央は、「なんだよ」と睨んできた。

「話が脱線しています。いまは真紀さんの火葬でなにがあったかを聞くのが大切でしょ」

　鷹央は不思議そうにまばたきをくり返すと、「ああ」と声を上げた。

　忘れていたのか……。呆れる僕の前で、鷹央は米良の鼻先に指を突きつける。

「話を逸《そ》らしてごまかそうとしてもそうはいかないぞ」

「話を逸らしたのは鷹央先生でしょ」

　ぼそりと突っ込むが、鷹央は聞こえないふりを決め込む。

「なぜ水上真紀の喉仏はなかったんだ？」

「そりゃ、焼け崩れたからだろ。うちは遺体の状態によって炉の温度を調整している。粉骨しやすいように十分に骨が焼けたうえで、喉仏は残るくらいにな。若い遺体の場合は、骨がしっかりしているから火力を強くして、逆に骨粗鬆症《こつそしょうしょう》で脆《もろ》くなっている高齢者の場合は温度を少し下げるんだ。その辺りは、経験だな」

「殿村がそれに失敗したというのか？」

「だろうな。遺体が若いと思って、炉の温度を上げ過ぎたんだ。あいつはベテランだったけど、うちの炉にはまだ慣れていなかったのかもな。骨を炉から出したとき、喉仏が跡かたなく崩れているの見て、肝が冷えたよ。それでトラブルになることもあるからな」

「実際、トラブルになったのか？」

鷹央の問いに、米良は「いいや」と首を振った。

「別になにも言われなかったよ。まあ、よくよく考えたらキリスト教式の葬式をするくらいだから、別に喉仏なんてそれほど重要じゃなかったんだろうな」

鷹央は「そうか……」とつぶやきながら、あごを撫でた。米良はチラチラと壁時計に視線を送っている。飛行機の時間を気にしているんだろう。

「キリスト教式の葬儀を希望したのは誰だ？　祖父である水上京之介か？」

「いいや、たしか母親だったはずだ。祖父は全く葬儀については口を出さなかったらしい」

「なるほどな……」

鷹央は目を閉じると再び黙って考え込みはじめた。瞼《まぶた》の下で眼球が動いているのが見て取れる。

鷹央は過去に目撃した光景を、まるで写真を眺めるかのようにそのまま思い出して観察できるという、『映像記憶』という能力を持っている。おそらくいまも、一連の捜査の中で見た光景を細かく確認しているのだろう。

僕と鴻ノ池は、鷹央の邪魔をしないよう、息を殺して待つ。

数分後、痺《しび》れを切らしたかのように、米良が前のめりになった。

「聞きたいことはこれで終わりか？　もう知っていることは全部話した。いい加減にしてくれ」

鷹央はゆっくりと瞼を上げると、肩をすくめた。

「そう焦《あせ》るなって。これが最後の質問だ。骨上げのときの、水上京之介と水上沙也加の様子はどうだった？」

「様子？　いや、暗い表情で黙々とやっていたぞ。はじめての骨上げらしく、なんにも知らなかったから、一つ一つ説明しないといけなくて手間がかかったけどな」

「手間がかかった、か。思った通りだ」

鷹央の口角がじわじわと上がっていく。

「鷹央先生、なにかに気づきましたね」

一年以上、鷹央とともに様々な難事件を解決してきた経験から僕が訊ねると、鷹央は薄い胸を張った。

「ああ、分かったぞ。誰が、なんのために、今回の連続臓器強奪事件を起こしたのか」

「えっ、本当ですか⁉」

鴻ノ池が甲高い声を上げる。

「私が嘘《うそ》をついたことがあるか？」

普通にけっこうある気がするけど……。胸の中で突っ込むが、ここで口を挟むのも野暮だろう。

「小鳥、舞、行くぞ」

鷹央が勢いよく身を翻《ひるがえ》す。ポニーテールにしている黒髪が大きく揺れた。

「それじゃあ……、俺はこれくらいで……」

米良がいそいそと、デスクのわきに置かれていたスーツケースに近づく。

「おい、なに言っているんだ。お前もさっさと来るんだよ」

出入り口の前で振り返った鷹央に声をかけられ、米良の丸い顔に泣き笑いのような表情が浮かぶ。

「なんで俺まで!?　さっき、最後の質問だって……」

「ああ、質問は最後だ。いまから葬儀場に行って、水上真紀の遺体を焼いた炉や、遺体の保管場所などを見学させてもらおう。案内しろ」

「でも……、時間が……」

「ああ、時間か。それは気づかなかった。迷惑をかけちゃいけないからな」

ぱっと表情を明るくした米良を眺めると、鷹央はどこかサディスティックに目を細めた。

「時間をやるから、ホテルや航空会社に迷惑をかけないよう、さっさとキャンセルの連絡を入れろ。あと、さっきの色っぽい秘書にもな」

米良の喉から絶望の呻きが漏れる。鷹央は忍び笑いを漏らした。

「これで愛想をつかされて、秘書に捨てられることを祈るんだな。そうしたら、私たちもお前の妻と話をしにいかないで済む」

5

鷹央が扉をノックする。中から「どうぞ」という声が響いた。

あごをしゃくった鷹央にうながされた僕は、両手で観音開きの扉を押す。重い音とともに扉が開くと、無数の古代エジプト時代の収集物が左右に並ぶ通路の奥に、椅子に腰かけた老人の姿があった。

デスクの前に置かれた椅子ごと回転した老人、水上京之介は僕たちを見て柔らかく微笑《ほほえ》む。

「すみませんね、わざわざこちらに来てもらって。夜はここでウイスキーを飲みながら過ごすんですよ」

京之介は琥珀色《こはくいろ》の液体が入ったグラスを軽く振る。中の氷の、カラカラと小気味の良い音が響いた。

米良から水上真紀の葬儀について話を聞いた翌日の午後九時、僕たちは再び水上家を訪れていた。昨日、「もう一度話をしたい」と連絡を取ると、この時間に屋敷の裏にある研究室へ来るように指示された。

「おや、今日は刑事さんも一緒なんですね」

僕たちの後ろに立つ成瀬に気づき、京之介が言う。成瀬は「ええ」と小さくあごを引いた。

昨夜、鷹央は成瀬に電話をして、「明日、もう一度水上京之介と話す。お前もついてこい」と告げた。最初は渋っていた成瀬だったが、鷹央に「ああ、別に無理にとは言わないぞ。しかし、せっかく大事件が解決する瞬間を見せてやろうと思ったのに、残念だな」と挑発的に言われ、渋々と同行を決めていた。

「本当に連続臓器強奪事件が解決できるんでしょうね」

成瀬は苛立《いらだ》たしげに言う。ここに来るまでの車内で、なにをするつもりなのか何度も繰り返し説明を求めたのだが、いつものように鷹央に「内緒だ」とはぐらかされて不機嫌なのだ。

「まあ、見てろって」

鷹央は部屋の奥へと進んでいく。

「これだけ貴重な収集物に囲まれて夜酒とは、なかなかいい趣味をしているな。うまい酒が飲めそうだ」

通路の真ん中に置かれた、ミイラの収められた棺が入っている巨大なガラスケースに近づいた鷹央は、その表面を指で撫でた。

「ええ、ここで飲むと心が落ち着くんですよ。天久先生も一杯いかがですか？」

「頂こう」

鷹央は軽い足取りでさらに奥へと向かう。京之介はデスクのわきにある小型の冷蔵庫の冷凍室から氷を取りだし、トングでグラスへ入れると、そこにウイスキーを注いでいった。

氷の表面を伝わる琥珀色の液体が、橙色を孕《はら》んだ柔らかい照明を乱反射した。

京之介からグラスを受け取った鷹央は、目を閉じてウイスキーの香りを楽しむ。

「藁《わら》とともに、濃い土の香りがする。スコッチだな」

「二十年物のスコッチです。かなりクセの強い味ですが、大丈夫ですか？」

「好物だ。それじゃあ、乾杯といこう」

鷹央がグラスを掲げると、京之介は軽く肩をすくめる。

「何に乾杯しましょうか」

「そうだな。水上真紀と、そして古代エジプトの神々にというのはどうだ」

「なるほど、それは良いですね。では、真紀と古代エジプトの神々へ」

京之介と鷹央がグラスを合わせる。硬質な音が倉庫の空気を震わせた。

琥珀色の液体を一気にグラスの半分ほど口の中に流し込んだ鷹央は、目を固く閉じて美味《うま》そうに味わう。

「いい飲みっぷりですな」

京之介は優雅に一口、ウイスキーを口に含んだ。

「いやあ、これは美味いな。さすがは二十年も熟成されていただけあって、味も香りも深みが違う」

鷹央は振り返ると、「お前たちも飲むか？」と僕たちを見る。

「僕は車で来ているんですよ」

「俺は酒を飲みに来たんじゃありません」

「私、スコッチはちょっと苦手で……」

僕、成瀬、鴻ノ池に連続して断られた鷹央は、「付き合い悪いな」と頬を膨らませた。

「まあいい。欲しくない奴に、こんないい酒を飲ませるのはもったいないからな。見ろよ、この深い色」

鷹央は天井の照明にむかってグラスを掲げると、眩《まぶ》しそうに目を細めた。

「きらきらと輝いて、まるで黄金のようだと思わないか。まさにこの場所にふさわしい酒だ」

「この場所にふさわしい？」

鴻ノ池が小首をかしげると、鷹央は「よく見ろよ」と大きく両手を広げた。

「ここにある収集物には、多くの金製品があるだろ。古代エジプトの生活は他の文明とは比べ物にならないほど、金と密接に結びついていたんだ。古代エジプトでは金を身に着けることは王、つまりはファラオの特権だった。ファラオが行う催事や、その身を悪いものから守る魔除《まよ》けの装飾品などに金はふんだんに使用されていた。一番有名なのは、ツタンカーメンの黄金マスクだな」

「あ、それなら知っています。昔、博物館でやっていた古代エジプト展に行ったときに見ました」

鴻ノ池がはしゃいだ声を上げる。

「そこまで金が重要視された理由の一つに、古代エジプトにおける宗教がある。彼らは様々な神々を崇拝していたが、その中でも極めて重要な神が、太陽神ラーだ」

朗々とした鷹央の声が、倉庫にこだまする。

「ヘリオポリス九柱神の一柱で、原始の海ヌンから生まれたとされる。ファラオは『ラーの息子』と捉《とら》えられ、死ぬとラーが天空の神ホルスとともに地上に梯子《はしご》をおろし、太陽の船にファラオの霊を招くと考えられていた。そして古代エジプトにおいて、金はラーの、つまりは太陽神の一部とされていた。どれだけ彼らにとって金が重要なものか理解できるだろ」

鷹央は京之介に向き直った。

「そういえば、お前の父親は金の採掘で大成功して富を築いたんだな？」

「ええ、そうですよ」

京之介は穏やかに頷《うなず》くと、グラスに口をつける。

「親父さんはかなり金にこだわっていたみたいだな。収集物には明らかに、金にまつわるものがおおい。金の首飾り、髪飾り、指輪、金の祭祀用品、そして……金で作られた太陽神の像」

「太陽神の像って、どれですか？　どんな神様なんです？」

鴻ノ池が棚に置かれた様々な像を見回す。

「太陽神ラーは、ハヤブサの頭と人間の体を持つ神とされている」

「ハヤブサの頭……」

僕はデスクが置かれた奥の壁、その天井近くに設置された棚を見る。そこには黄金に輝く、ハヤブサの頭部と人間の体を持つ像が置かれていた。その像を挟むように、火が灯った蠟燭《ろうそく》が置かれている。

鷹央が「そう、あれが太陽神ラーだ」と黄金の像を指さす。

「黄金でできていて、さらに磨き上げられているところを見ると、発掘品ではないだろうな」

「私の父が職人に頼んで作らせたものです。昨日説明したでしょう。父はエジプト旅行に行ってから事業が大成功したことで、古代エジプトに強い興味を持つようになったと。そこにある純金製の太陽神像は、父なりのゲン担《かつ》ぎですよ」

「ゲン担ぎねえ……」

鷹央は思わせぶりにつぶやく。

「いくら事業に成功して富豪になったとはいっても、たんなるゲン担ぎにしては金がかかりすぎじゃないか？　ここにある収集物はどれもが貴重で、極めて値が張るものばかり、公的な博物館にも匹敵するコレクションだ。たんなる道楽で集めるにしては、あまりにも偏執的と言わざるを得ない。さらにそれらの貴重な品を差し置いて、自分が作らせた純金の太陽神像をもっとも目立つ場所に飾るのも、貴重な収集物を集めておく倉庫としてはいまいち一貫性がない」

あごを引いた鷹央は、上目遣いに京之介に視線を送る。京之介は手にしていたグラスをやや乱暴にデスクに置いた。

「さっきからなにがおっしゃりたいんですか？　うちのコレクションについて論評するために、わざわざ刑事さんを連れて押し掛けたわけではないでしょ。そろそろ本当の目的を教えてください」

「目的か。それなら簡単だ。告発するためさ」

鷹央は勢いよく左手を振ると、京之介の鼻先に人差し指を突きつけた。

「お前こそが、連続臓器強奪事件の犯人だとな」

水上京之介が連続臓器強奪犯？　鷹央の突然の告発に僕たちが固まっていると、京之介は再びグラスを手に取り、軽く振った。

氷がグラスに当たる軽い音が僕たちの金縛りを解く。最初に言葉を発したのは成瀬だった。

「水上さんが連続臓器強奪犯っていうのはどういうことですか？　その人はどちらかと言うと被害者ですよ」

「刑事さんの言う通りです」

京之介は琥珀色の液体を揺らす。

「私は犯人に、孫の心臓を盗まれたんだ」

「その『孫の心臓を盗んだ犯人』というのは、誰のことだ？」

鷹央は挑発的に目を細める。京之介は「なにを？」と、いぶかしげに眉根を寄せた。

「孫が事故に遭い、脳死状態だと診断されてから、お前は一貫して臓器提供に強く反対してきた。それで、臓器だけでも生きていて欲しいと望んだ娘と激しく対立し、罵《ののし》り合い、親子関係に決定的な亀裂まで生じた。しかし、水上真紀本人の意思表示があったため、結局、摘出手術は行われることになった」

鷹央は「さて」と指を鳴らす。

「お前の立場から見ると、誰が孫の臓器を盗んだことになるんだろうな」

「もしかして……」

僕の口が半開きになる。

「そう、孫の臓器摘出を取り仕切った日本臓器移植ネットワーク、そのコーディネーターこそ、この男にとっては『孫の心臓を盗んだ犯人』だったんだ。この男はただ、孫の心臓を取り戻しただけなんだよ」

京之介は否定も肯定もすることなく、鷹央の説明に耳を傾けていた。

「ドナーの遺族であるこの男なら当然、いつ臓器摘出手術が行われるかも分かるし、コーディネーターと接触することもできる。日本臓器移植ネットワークはドナーの遺族に対して、最大限の配慮をするようにしているからな。レシピエントの詳しい情報までは教えられなくても、摘出した臓器をどうやって運ぶ予定かぐらいは聞き出すことは容易だっただろう」

「……そして、コーディネーターが乗る予定の新幹線に自分も乗って、隙をついて心臓を奪い取った」

僕が呆然《ぼうぜん》とつぶやくと、鷹央は「その通りだ」とあごを引いた。

「この男は年齢の割に体格がいい。それに、犯人はまずスタンガンで抵抗できなくしてからコーディネーターを襲っている。十分に可能だろう。また、無抵抗のコーディネーターをスタンガンで何度もくり返し殴りつけるという過剰な暴行をしたのも、愛する孫の臓器を奪われた怒りからの行動だと考えればしっくりくる」

「でも、どうしてそこまでして心臓を奪ったんですか？」

混乱しているのか、鴻ノ池は軽く頭を振った。

「そりゃ、もっとも大切な臓器だからに決まっているだろ」

鷹央の回答を聞いて、鴻ノ池の眉間《みけん》にしわが寄る。

「大事な臓器って言っても、摘出された時点で真紀さんは亡《な》くなっているんですよ。それを奪い返したって……」

「この男にとっては、生命活動を維持するために大切という以上の意味があったんだよ。そうだよな？」

鷹央が水を向けるが、京之介は穏やかな表情でウイスキーをすするだけだった。気にする様子もなく、鷹央はしゃべり続ける。

「なあ、昨日、いろいろと話を聞いて違和感をおぼえなかったか？」

違和感？　僕は記憶を探るが、特におかしなところがあったとは思えなかった。顔を見合わせた鴻ノ池も、首をひねる。

「ったく、一流の診断医を目指すならもっと注意力を磨けよな。どこに真実に近づくヒントが隠されているか分からないんだぞ」

僕と鴻ノ池は同時に首をすくめた。鷹央は「いいか」とこれ見よがしにため息をつく。

「この男は孫が水難事故に遭い、そして脳死状態になったとき、その『死』を受け入れたと言った。にもかかわらず、この男は二つのことについて、極めて強い拒否反応を示した。なんだか分かるか、小鳥」

話を振られた僕は「はい」と首を縦に振る。

「臓器提供と、遺体の火葬ですね」

「その通りだ。この男にとってそれらは、孫の死よりもさらに忌《い》むべきものだったと考えられる」

「ちょっと待ってくださいよ」

　成瀬が声を上げる。

「それじゃあ、殿村の件はどうなるんですか？　殿村が連続臓器強奪犯に情報を流していたのは間違いないんですよ。けど、水上さんが自分でコーディネーターから情報を聞き出していたとしたら、殿村が真紀さんの葬儀にかかわっていたのは、たまたまだとでも言うんですか？　そんな偶然、あるわけがないでしょ」

「ああ、偶然なんかじゃない。水上真紀の件についても、殿村は重要な役目を果たしている。ドナーの情報提供なんかより、遥《はる》かに重要な役目をな」

　成瀬は「重要な役目？」と、鼻の付け根にしわを寄せた。

「殿村は水上真紀の葬儀の担当になったが、この男が火葬に強く反対していたことから話がまとまらず、消耗していた。しかし、ある日突然、殿村は上機嫌になり、そして葬儀の予定も順調に進むようになった。なんでだと思う？」

「そりゃ、水上さんが諦《あきら》めて、仕事が進められるようになったからじゃないですか？」

「いいや、それじゃあマイナスからゼロになっただけだ。舞い上がる理由としては弱い。殿村はマイナスからプラスに、それも大きなプラスになったからこそ舞い上がっていたんだよ」

「大きなプラス？　いったいどういうことですか？　はっきり言って下さいよ」

　焦《じ》らされた成瀬の声が大きくなる。

「そう興奮するなって。よく考えたら簡単なことだ。孫の火葬に対して異様な熱意で反対していたこの男がある時期を境に、急に口出ししなくなり、同時に葬儀の担当者が浮かれるようになった」

「……取引をしたと言いたいんですか？　金を渡して、孫の火葬をしないようにと」

「そう考えるのが妥当だな」

「いや、でも……」僕は思わず口を挟む。「葬儀には娘の水上沙也加さんも、そしてあの米良って社長も立ち会ったんですよ。ちゃんと骨上げもしているじゃないですか」

「米良が言っていただろ。遺体を炉に入れたあと、自分は遺族に付き添って、炉の管理は殿村に任せたって。つまりあのとき、遺体を見ていたのは殿村だけだったんだ」

「まさか……、遺体を入れ替えた？」

「ザッツライト！」

　鷹央は楽しげに僕を指さす。

「そう、殿村はこの男から大金を受け取って、他の遺体を火葬したんだよ。そして、水上真紀の遺体はこの男に渡したんだ」

「いや、そんなわけないですよ！」

成瀬が声を張り上げた。

「この日本でそう簡単に、身代わりの遺体なんて見つかるわけがない。そんなことをすれば、入れ替え用に使われた遺体の遺族がすぐに気づくはずだ。遺骨がないんだから」

「例えば、身元不明のまま火葬される遺体を使ったとか？」

鴻ノ池が口を挟むが、成瀬は「ありませんね」と一言で切り捨てる。

「そのような遺体は、殿村が勤めていた葬儀社やそのフランチャイズの支店では扱っていません。殿村は代わりの遺体を用意することなど不可能です」

「いいや、可能だったんだよ」

鷹央は唇の片端を上げる。成瀬の顔が険しくなった。

「どうやって可能だったって言うんですか？　さっさと説明して下さい」

「そう焦るなって。それを説明するには、なぜこの男はそこまで火葬に拒否反応を示したか、そこから説明する必要がある。さて、まず葬儀や埋葬方法に最も密接に関係しているのは宗教だ」

京之介の頬がぴくりと動く、しかし彼は未《いま》だに沈黙を保っていた。

「キリスト教やイスラム教などの影響が強い国では、基本的に火葬は行われず、土葬が行われることが多い。おそらくこの男の妻も、そうやって葬られたんだろう」

「なんで、そんなことが分かるんですか？」

反射的に訊ねた僕に、鷹央は湿った視線を投げかけてくる。

「少しは自分の脳みそを使えって言っているだろ。本当にみそ汁にするぞ。昨日、聞いたことを思い出せ。この男が骨上げを『はじめての経験だ』と言っていただろ。あと、この男の妻の墓は、かなり遠方にある。それも、妻を土葬したからと考えれば納得がいく。日本で土葬が許可されている地域は限られているからな」

鷹央は「では」と左手の人差し指を立てる。

「この男の信仰している宗教はいったい何なのか。そこで重要になってくるのが、臓器提供に強く反対していたことだ。キリスト教もイスラム教も、臓器提供を禁止してはおらず、それらを信仰している国民が多い国では、日本よりも脳死臓器移植の件数が多い傾向にある」

「じゃあ、いったいどの宗教で臓器摘出がタブーになっているんですか？」

早口で成瀬が訊ねた。

「この世界には無数の宗教があり、そしてその信者たちがいる。その全ての教義についての知識を、さすがの私でも網羅しているわけではない。しかし、ここに明らかな答えがあるじゃないか」

鷹央は大きく両手を広げた。僕は「答え？」と部屋を見回す。様々な古代エジプトの発掘品が目に飛び込んできた。

「もしかして……」

僕は正面の棚に置かれた、黄金の太陽神像を見つめた。

「ケメティズム！」

鷹央が高らかに、聞き覚えのない単語を口にする。僕が「なんですか、それ？」と訊ねると、鷹央は左手の人差し指を、顔の横でぴょこんと立てた。

「古代エジプトの神々を現代でも崇拝する宗教だ。いま最も有名なケメティズムの組織は、一九八〇年代にアメリカで設立されたアメリカケメテッィク正統派協会だな。それ以外にも、古代エジプトの宗教を信仰する人々はわずかながら残っていて、それぞれ独自の解釈によって多様な教義を持っている」

「じゃあ、水上さんも……」

いまも黙ってウイスキーを飲んでいる水上を、鴻ノ池が見つめる。

「ああ、そうだ。太陽神ラーを信仰するケメティズムの信者なんだろうな。黄金の太陽神像が飾ってあるその棚は、一種の神棚みたいなものなんだろう。ケメティズムの信者は、信仰する神の像を飾り、そこを一種の『神社』として供え物をしたり、祈りを捧《ささ》げることが多い」

鷹央は気持ちよさそうに言葉を続けていく。

「水上家でケメティズムをはじめたのはこの男の父親だろう。父親はエジプトで占い師の占いを元に金の採掘に成功し、大富豪となった。おそらく、その占い師からケメティズムを教え込まれたんだろうな。占い師が本気で古代エジプトの神々を信奉していたのか、それとも単純な日本人を騙《だま》して金を取っていたのかは分からないが、結果としてこの男の父親は事業を成功させ続け、ケメティズムにはまっていき、自分なりの信仰を構築していった。そのような人物は多くの場合、子供にも教えを伝えていく。純粋な子供は乾いた地面が水を吸うように、その教義を吸収していき、やがて自身も敬虔《けいけん》な信者となることが少なくない。たとえ、それが親の思い込みから生まれたものだったとしてもな」

「……ラーを、他人の信仰を侮辱するな」

　ずっと黙っていた京之介が、地の底から響くような声で言う。その目は血走り、グラスを持つ手には震えるほどに力がこめられていた。

「ああ、これは失言だった。信仰はその人間の本質に深くかかわる。他人が容易に評価していいものではないな」

　鷹央は「すまなかった」と頭を下げる。その殊勝な態度に毒気を抜かれたのか、ウイスキーを一気にあおった京之介の顔からは怒りの色が消えていた。

「さて、この男が信仰するケメティズムがどのような教義かは分からないが、一つはっきりしているのは、臓器を抜き取ること、そして火葬することが絶対的な禁忌だということだ。これは自然なことだな。古代エジプトでは命を失ったものは死後に復活をし、楽園アアルへと向かうとされているが、そのためには肉体が必要だとされた。もちろん、内臓もだ。しかし、大切な孫娘の内臓は摘出され、複数のレシピエントへと移植されることになった。それでは、死後の復活ができなくなる。だからこそ、魂が宿る臓器である心臓だけでも、なんとしても取り戻す必要があったんだ」

「……本当に、そんな理由でコーディネーターを半殺しにして心臓を奪ったって言うんですか？」

　成瀬の声が低くなる。

「私たちにとっては『そんな理由』かもしれないが、この男にとってはそうじゃなかったのさ。言っただろ、宗教というものはその人物の根本を形作るものだ。心臓を取り戻すことこそ、この男にとっては最愛の孫を救う唯一《ゆいいつ》の方法だったんだよ」

　成瀬は鷹央の前に出て、グラスにウイスキーを注いでいる京之介を睥睨する。

「いま、天久先生が言ったことは正しいですか？」

「さあ、どうだろうな。この齢《とし》になると、物忘れがひどくてね」

　人をくった答えに、顔を紅潮させながら成瀬は振り返る。

「天久先生、さっき水上さんが連続臓器強奪犯といいましたね。ということは、他の事件の犯人もこの人なんですか」

「さすがに実行犯は別の人間だろうな。この齢でそこまでのリスクを取るのは難しいし、汚れ仕事をする人間を雇うだけの財産は十分にある。ただ、犯行を指示したのは間違いなくこの男だ。有り余る金を使って殿村と実行犯を操り、孫のために臓器を集めたんだよ」

成瀬が「待ってくださいよ」と、鷹央の説明を遮る。

「孫のためにってどういうことですか？　たしかに、最初の事件で盗まれた心臓は水上真紀のものでした。けれど、その後の事件で盗まれた肺、肝臓、そして腎臓は全てまったく関係ないドナーたちのものだ。孫の臓器を取り返したってわけじゃない。他人の内臓を盗んで、この男はなにをするつもりだったんですか？」

「そんなの簡単だ」

鷹央は左手の人差し指をメトロノームのように左右に振る。

「移植するつもりだったんだよ。愛する孫にな」

グラスを振り、琥珀色の液体が揺れるのを眺めていた京之介の体がピクリと震えた。

「移植って……」

絶句する成瀬に、鷹央はシニカルな笑みを浮かべる。

「『もう死んでいる孫に、移植なんて意味が分からない』と言いたいのか？　普通の感覚ならその通りだ。しかし、父親が作り上げた特殊なケメティズムの信者であるこの男にとっては違ったんだよ。孫の心臓は取り戻した。しかし、水上真紀から摘出された臓器は、それだけじゃない。肺、肝臓、腎臓なども奪われてしまった。彼女が復活し楽園アアルに向かうためには、それらの臓器も必要だ。だが、それらが誰に移植されたかはもはや分からない。日本ではレシピエントの情報は、ドナーの家族に対して完全に秘匿《ひとく》されるからな」

「だから、他人の臓器で……」

鷹央がなにを言おうとしているかに気づき、僕はかすれ声を絞り出す。

「そうだ。他人の臓器で代用しようとしたんだよ。『死者への臓器移植』というわけだ」

「死者への臓器移植……」

部屋の温度が一気に下がった気がして、僕は自分の両肩を抱く。隣に立つ鴻ノ池の顔からは血の気が引き、成瀬は表情をこわばらせていた。

「古代エジプトの宗教観からすれば、生前の罪を測るための心臓は当然、死者自身のものでなくてはならない。けれど、他の臓器についてはそんな規定はない。しっかりと臓器としての役割を果たせばいいだけだ。なら、他人の臓器でもかまわない。この男はそう考えたんだろう」

「温度管理などがしっかりされていなかったのは、死者への移植が目的だった。だから機能を維持する必要がなかったということですか？」

背中に冷たい汗が伝うのをおぼえながら僕が言うと、鷹央は「だろうな」と肩をすくめた。

「ありがとう、天久先生。なかなか面白い話だった」

唐突に、京之介が手を打ち鳴らしはじめた。

「ケメティズムのことまで知っているとは、その知識に感服するよ。できることなら、古代エジプトの神々とその神話について、ゆっくり話をしたいものだ」

「それはいいな。お前が長い刑期を終えて出てきたら、ウイスキーを飲みながらゆっくり話をするとしよう。まあお前の年齢を考えると、生きているうちに出られるかどうか、微妙なところだろうけどな」

鷹央はつまらなそうに手を振る。

「辛辣《しんらつ》だな。もし、私が連続臓器強奪犯だとして、そんな悪いことをしたかな？　孫から奪われたものを取り返し、代用品を手に入れたに過ぎないだろう」

「お前が奪った臓器を、心待ちにしていたレシピエントたちがいたんだよ。そいつらにとっては、その臓器が命を繋《つな》ぐための最後の希望だったのかもしれない。お前は自らのエゴで、それを奪ったんだ」

僕は昨日見た、中条《なかじょう》という男を思い出す。移植されるはずの腎臓が奪われた彼は、激しく怒り、そして絶望していた。大鷲に縋《すが》りつき肩を震わせる中条の痛々しい姿が脳裏に映し出され、僕は口元に力を込める。

「他人なんて知ったことじゃない。私にとって真紀がすべてなんだ！」

唐突に激高した京之介が、壁に向かってグラスを投げつけた。甲高い音とともにグラスは砕け散り、氷と琥珀色の液体が、照明の光を乱反射しながら落下していく。

「たとえ現世で命を落としても、あの子が死後の世界でアアルへと至り、幸せになれれば、それだけでよかった。なのに、貴様ら医者が寄ってたかって、あの子の体を切り裂き、内臓を取り出したんだろう。お前たちは、この世界であの子を殺し、死後の世界での復活さえも妨げたんだ。お前たちは、あの子を二回殺した。私以外にあの子を救える者はいなかったんだ！」

　肩で息をしながら、京之介は僕たちを睨《にら》みつけた。

「水上さん、いまのは自白ととらえていいですか？」

　成瀬が一歩前に出ると、京之介は深呼吸をくり返したあと椅子の背もたれに背中を預け、足を組んだ。

「自白？　さあ、なんのことやら。天久先生に話を合わせてあげただけですよ。なかなかの役者だったでしょう」

「とても演技とは思えませんでしたね。ちょっと、詳しくお話をうかがいたいのですが」

「刑事さん、私はサスペンス小説などが好きでね、もし私を逮捕したければ、証拠ってやつが必要なんじゃないかな？　任意の取り調べをしたいというなら、それは拒否するよ。証拠がないなら今日はお引き取り願おう。こんな齢なんで、早く寝るようにしているんだよ」

成瀬の分厚い唇が歪《ゆが》む。そのとき、鷹央が「なるほど、証拠か」と声を上げた。

「証拠があるんですか？」

期待の滲《にじ》む声で成瀬が訊ねると、鷹央は左手の人差し指でこめかみを叩《たた》いた。

「だから、私に頼りっきりじゃなくて、少しは自分の脳みそを使えって。お前といい、うちの小鳥といい、こんにゃくにかける田楽みそにするぞ」

唇がさらに歪んでいく成瀬を尻目に、鷹央は続ける。

「いいか、この男が連続臓器強奪犯だと断定できる証拠品はなんだ？」

「証拠品？　そりゃ、盗んだ内臓じゃ……」

自信なさげに成瀬が答えると、鷹央は「その通り」と鷹揚《おうよう》に頷いた。

「奪われた臓器、それこそが最大の証拠となる。さて、それはどこにあるのか。その手がかりは、火葬場での遺体の入れ替えにある。この男は、孫の遺体と何者かの遺体を交換したんだ。問題は、どこから身代わりの遺体を見つけてきたのか、そして入れ替えた水上真紀の遺体をどこに隠したかだ」

「どこに隠したって、もうお墓に葬ったんじゃないんですか？」

鴻ノ池が言うが、鷹央は「いいや」と首を横に振った。

「火葬を終えた骨ならまだしも、一人の人間を土葬するのにはかなりの労力がいる。しっかり土葬するには、重機を使って穴を掘るのが一般的だ。さすがに高齢のこの男が一人でできることではない。そもそも、身の破滅になるほどの重罪を犯してまで手に入れた孫の遺体と、死後に彼女が使うための臓器だ。地面の下などには埋めず、近くに置いておきたいと思うのが人情ってもんだろ」

「近く……」

心臓の鼓動が加速していく。

「ここで重要になるのが、昨日の米良の証言だ。殿村が火力の調整に失敗して、火葬が終わった水上真紀の喉仏が焼け崩れ、残っていなかったというやつだな。その現象は、実際に火葬したのが水上真紀の遺体ではなかったから生じたものだ。つまり、その『身代わりの遺体』の骨は、かなり脆くなっていたということだ」

「高齢者の遺体だったということですか？」

鴻ノ池があごに指を当てる。

「いいや、殿村は日常的に高齢者の火葬を行っていた。そんな男が失敗するとは考えにくい。殿村の想像よりも遥かに『身代わりの遺体』の骨は劣化していたんだよ」

「高齢者より劣化……」

　僕はひとりごつと、思考を巡らせる。

　極めて骨が脆い遺体。そんなものをどこから見つけてきたというのだろう。まさか、墓をあばいて遺体を盗んできたわけではないだろうし……。

　そこまで考えたとき、体に電流が走った気がした。背筋がピンと伸び、口が半開きになる。

　あった……。墓をあばかれ、奪われた遺体が……。

　僕はぎこちない動きで振り返って見た。この倉庫の中心に鎮座している巨大なガラスケース中に収められている、『それ』を。

「気づいたみたいだな、小鳥。田楽みそにするのは勘弁してやる」

　鷹央は楽しげに言う。

「まさか……ミイラを……」

　動揺で舌が回らず、それ以上、言葉が継げなくなる。

「そう、コレクションの一つであったミイラ、この男はそれを孫の身代わりにしたんだ。いくら保存状態がいいとはいえ、三千年前の遺体だ。当然、骨の劣化はかなりのものだろう。だからこそ、火葬した際に喉仏も合わせてほとんどが焼け落ちてしまった」

　鷹央は腰の後ろで両手を組むと、ゆっくりミイラが収められているガラスケースへと近づいていく。

「だとしたら……、いまそこにあるミイラは……」

僕は喘《あえ》ぐように言う。答えは分かっていた。しかし、それを認めることを理性が拒絶する。

「一般的なケメティズムでは、ミイラにかんする決まりごとはほとんどない。現代でミイラを作ろうとはさすがにしていないということだ。しかし、この男の父親が独自に作り上げたケメティズムは、明らかに原始的な古代エジプト宗教の影響を強く受けている。古代エジプト時代と同じように、死んだらミイラになることが望ましいと考えていてもおかしくない」

ガラスケースの表面を軽く叩いた鷹央は振り返って、「なあ、舞」と鴻ノ池に声をかける。

「昨日、ここに来たあと、お前、韓国料理を食べたいって言いだしたよな」

「え……？　あ、はい。なんか、チヂミとか急に食べたくなっちゃって……」

突然大きく変わった話題についていけないのか、鴻ノ池はせわしなくまばたきをくり返す。

「私はホットケーキが食べたくなった。蜂蜜がたっぷりかかっているやつな」

「なんの話をしているんですか!?　ミイラの話に戻ってもらえませんかね」

早口で成瀬ががなり立てた。

「でかい声を出すなよ。戻るもなにも、これも『ミイラの話』だ」

「どういう意味ですか？」

成瀬は眉をひそめる。

「ミイラを作る際の手順だよ。まず鼻腔《びくう》から長い金属製の棒を使って頭蓋内を掻き混ぜ、脳を液状化させて取り去る。その後、心臓と腎臓以外の臓器を除去し、それらをカノポス壺《つぼ》と呼ばれる壺に入れて保管する」

鷹央はガラスケースの中に、ミイラの入った棺《ひつぎ》とともに納められている四つの壺を順に指さした。

「まさか、盗まれた臓器って……」

鴻ノ池の目が大きくなる。鷹央はガラスの表面を指先で叩いた。

「おそらく、それらの壺の中に入っているんだろうな」

京之介は金属の棒を使って孫の脳を掻き混ぜたというのか。その光景を想像し、胸郭の中身が腐っていくような心地になる。

軽くえずいてしまう僕を尻目《しりめ》に、鷹央は説明を続ける。

「脳と内臓を取り除いた遺体は、ナトロンと呼ばれる鉱物によって徹底的に乾燥させられる。そのうえで松ヤニなどの樹脂と胡麻《ごま》などから取れた植物油を混ぜあわせて作られた物質や、アカシアから抽出された糖など、殺菌作用がある物質を体に塗ることで遺体が腐敗することを防ぎ、最後に布を巻いてミイラの出来上がりだ。まあ、時代などによってある程度、作り方に差異はあるがな」

「胡麻から取れた植物油に、アカシアから抽出された糖……」

鴻ノ池がひとりごつと、鷹央はいたずらっぽく口角を上げた。

「そう、それらはスーパーで簡単に手に入る。ゴマ油とアカシアの蜂蜜だな」

「ってことは、私が韓国料理を食べたくなったのって……」

「ミイラの製造に使われたゴマ油の香りが、かすかに漂っていて、それに食欲を刺激されたんだろうな。私が蜂蜜いっぱいのパンケーキを食べたくなったのも、きっとそれだ」

ミイラの匂《にお》いで食欲を刺激されたと聞き、鴻ノ池の表情がこわばる。

「これが……、このミイラが水上真紀の遺体だって言うんですか？」

大股に近づいてきた成瀬が、ガラスケースを覗《のぞ》き込んだ。

「だろうな。そして、カノポス壺の中に入っている臓器は強奪されたものだ。ＤＮＡ鑑定をすれば確認できる。まずは、水上真紀の母親である沙也加に話を聞いて、父親が娘をミイラにしたいと言っていたという証言を得ろ。そうすれば、家宅捜索の許可を……」

「そんなものはいらないよ。こんなこともあろうかと、ちゃんと用意していたからね」

穏やかな声が聞こえてくる。反射的に振り返った僕は、目を剝《む》く。京之介がデスクの引き出しを開き、そこからジッポーのライターと、二十リットルは入るであろう大きな赤い缶を出していた。

ガソリン缶を。

「天久先生の言う通りだ。真紀はそこにいる。この二ヶ月、私はずっとあの子とここにいた。とても幸せな時間だった」

穏やかにつぶやきながら、京之介はガソリン缶の蓋《ふた》を開ける。数メートル離れた位置に立つ僕にまで、かすかな刺激臭が漂ってくる。

「私はなにも後悔していないよ。最愛の孫のために、できる限りのことをした。ただそれだけのことだ」

「ふざけるな！」

成瀬が唾《つば》を飛ばしながら叫ぶ。

「本気で古代エジプトの神なんて信じているのか！　そんな妄想で、移植のための臓器を盗むなんて許されると思っているのか！」

「もちろん思っている」

京之介は即答した。

「世界中で多くの人々がそれぞれの神を信じ、死後の救済を夢見ている。私にとってはその対象が、エジプトの神々だったというだけだ。毎週のように教会に通い、神に祈りを捧げている者たちが正しく、私が間違っているという根拠はなんだ？　その神を信仰する人数の多寡《たか》か？」

「それは……」

　成瀬が口ごもると、京之介はなんの迷いもなく頭上にガソリン缶を掲げた。缶から流れ落ちる化石燃料が京之介の胸元に注がれて体を濡《ぬ》らしていき、床に大きく広がっていく。揮発したガソリンが、目に痛みを覚えるほど部屋に充満していった。

「すぐに逃げることをお勧めするよ。私も真紀との旅立ちを邪魔されたくないからね」

　京之介はデスクに置かれていたジッポーを手に取る。

「……遺体が燃えるのはタブーだろ」

　緊張した面持ちで鷹央が京之介を見つめる。

「仕方ないのさ。どうせ私が逮捕されれば、真紀は火葬されることになる。私が必死に集めた臓器とは別々にな。なら、一緒に燃やされた方が、死後の世界でそれらを使えるかもしれない。それに……」

　京之介は天井を仰ぐと、懐《なつ》かしそうに目を細める。そこに、愛する孫娘との思い出を見ているのだろう。目尻から一筋の涙が零《こぼ》れ落ちる。

「真紀と離れて生きるなど、私にはできない。もし燃えて消え去るとするなら、あの子と一緒の方が良い」

「小鳥、舞、成瀬、逃げるぞ！」

鷹央が鋭く言う。僕たちは頷くと、建物の出入り口に向かって走った。

「ああ、そうだ、天久先生」

出入り口の扉を開けたとき、背後から京之介が声をかけてきた。鷹央が振り返る。

「鷹央先生、いいから出ましょう！」

僕が急《せ》かすが、鷹央は動かなかった。京之介の声が響き渡る。

「君は自分が、『ホルスの目』を持っていると思っているかもしれないが、それは大きな間違いだよ」

振り返ると、京之介が笑みを浮かべていた。殉教者の微笑。

「どういう意味だ？」

鷹央の質問に答えることなく、京之介はジッポーを持った手を大きく掲げる。

「鷹央先生、逃げますよ！」

僕は鷹央の手を引く。一瞬、躊躇《ためらい》の表情を浮かべたあと、鷹央は「くそっ」と叫んで身を翻した。

建物から出た僕は、鷹央の手を引いたまま走る。よく、なにもない廊下でもつまずいているような人だ。倒れそうになったら、支えなければ。

次の瞬間、背後から大きな爆発音が響いた。

「うわっ!?」

音に驚いた鷹央がつんのめる。その小さな体を慌《あわ》てて支えた僕は、振り返って言葉を失う。

巨大な火柱が天に向かって立ち上っていった。

倉庫の隙間《すきま》という隙間から、まるで意志があるかのように炎が湧《わ》き出し、そして天空へと駆けのぼっている。輻射《ふくしゃ》熱が容赦なく顔を炙《あぶ》る。

「ホルスの目、か……」

火焔《かえん》に包まれた倉庫を眺めながら鷹央がつぶやく。その横顔を炎が黄金色に照らしていた。

第三章　受け継がれる証拠

1

「お疲れ様でーす」

潑剌《はつらつ》とした声を上げながら玄関のドアを開けた鴻《こう》ノ池《いけ》とともに、僕は屋上の〝家〟に入る。

「鷹央《たかお》先生、カルテの記載と検査オーダーと処方箋《しょほうせん》の入力、あとついでに、溜《た》まっていた保険関係の記載まで終わりましたよ。これで、今日の仕事はとりあえず終わりです」

僕が報告すると、だらしなくソファーに横たわって分厚い専門書らしき書籍を読んでいた鷹央は、「おう、ご苦労さん」とこちらに視線を向けた。

水上京之介《みずかみきょうのすけ》の焼身自殺という形で、連続臓器強奪事件が一応の解決を迎えてから、六週間ほど経《た》っていた。

ガソリンで燃え上がった倉庫の火事が消えたのは、出火から一時間ほどしてからだった。十数台の消防車がやってきて、敷地に池が出現しそうなほどの大量の水を浴びせかけたが、それが功を奏したというよりは、業火《ごうか》に呑《の》み込まれて全《すべ》てが炭と化し、もはや燃えるものがなくなって鎮火したという様相だった。

焼け跡からは、男女の遺体が発見された。あまりにも損傷がひどくDNA鑑定はできなかったが、歯型の記録から女性の遺体は水上真紀《まき》のものであることが確認され、水上京之介が孫をミイラにして保存したという鷹央の推理が正しかったことが証明された。

また、ミイラの棺《ひつぎ》のそばに置かれていた四つの壺《つぼ》に収められていた臓器の一部は、なんとか完全なる焼失を免れ、DNA鑑定をすることができた。その結果、盗まれた肺と肝臓のそれぞれのドナーのDNAと一致することが確認され、京之介が連続臓器強奪犯であり、奪った臓器を壺に保管していたと認められた。

その後、水上真紀の臓器提供が決まったころから、京之介の口座から合計一億円近い大金が、何度かに分けて引き出されていることが確認された。その金で殿村《とのむら》や反社会組織を雇い、臓器を強奪させたと警察は考えており、最初の真紀の心臓以外の臓器強奪を請け負った実行犯を追っている。しかし、いまだ逮捕にはいたっていなかった。

事件を解決して品川署の刑事たちの鼻を明かしてやろうと考えていた成瀬《なるせ》だったが、犯人である京之介に自殺されたことで逆にかなり責められたらしい。事件の顛末《てんまつ》を報告しに来た際、目に見えて落ち込んでいて、同情してしまった。

水上京之介を被疑者死亡で書類送検することで事件は解決とされ、すでに捜査本部も解散したということだ。

連続臓器強奪事件は終わった。そして、僕らはこの六週間で他の不可解な『謎《なぞ》』を孕《はら》んだ事件にいくつか巻き込まれていた（というより鷹央が首を突っ込んだ）。その中には、統括診断部の医局旅行として三人で乗り込んだ沖縄で起きた、凄惨《せいさん》な殺人事件さえあった。

なぜか臓器強奪事件のすぐあと、鷹央は古代エジプトについての専門書（その大部分は英文で記されたものだ）や、学術論文を大量に集め、この一ヶ月間、ひまを見つけては読んでいる。

最初の頃は知識欲の塊である鷹央が、事件をきっかけに古代エジプトの宗教や文化に興味を持って、その小さな頭に詰まっている高性能の脳に、新しい知識を染《し》み込ませようとしているだけだと思っていた。しかし、古代エジプトについての資料がどんどんと集まり、それ専門の〝本の樹〟が数本、ソファーの周りで成長していくのを目《ま》の当たりにして僕は気づいた。鷹央の中では、あの事件が完全に終わってはいないのだと。

しかし、いったい彼女はなにが気になっているのだろう。犯行方法も、動機も、そして真犯人さえすでに明らかになっているというのに。

「鷹央先生、そんな姿勢で重い本を読んでいたら、顔に落としますよ。危ないから、ちゃんと座って読んでください」

僕はソファーに近づいて声をかける。

「うるさいなあ。姉ちゃんみたいな小言を言うなよな」

鷹央は面倒くさそうに答えた。僕は小さなため息をつきながら、鷹央の読んでいる本の裏表紙を見る。そこには、単純な線画で、大きな瞳《ひとみ》が一つ描かれていた。その象形文字のような絵に、なんとなく見覚えがある。

「この目って……」

「ああ、『ホルスの目』だ。見たことあるだろ。古代エジプトの秘宝を題材にしたアドベンチャー映画とかで、よく出てくるからな」

「『ホルスの目』？　それって、水上京之介が最期《さいご》に言っていた……」

「それだ。あの男は、私は『ホルスの目』を持っていないと言っていたな」

鷹央は小さく鼻を鳴らす。

「どういう意味だったんでしょうね。そもそも、『ホルスの目』ってなんなんですか？」

「ホルスは古代エジプトの神の一柱で、太陽神ラーの息子とされている。古代エジプトの神話は時代時代でかなり変化しているが、『ホルスの目』は万象を見通すとされていることが多いな。簡単に言えば『千里眼』ってとこか」

「千里眼ですか。それを持っていないということは……」

「そうだ」

鷹央はソファーに横たわったまま、横目で視線を向けてくる。

『お前は全ての真実をあばいたわけではない。お前には見落としがある』。水上京之介はそう言ったのさ」

「見落としって、水上さん自身が真紀さんをミイラにしたことも、連続臓器強奪犯だったことも認めたじゃないですか。いったいなにを見落としたっていうんですか」

「それは……」

鷹央が話しかけたとき、キッチンから鴻ノ池が出てきた。

「今日もお疲れさまでした。ちょっといいチョコレートを買ってあるんですよ。一緒に食べませんか」

鴻ノ池は綺麗《きれい》にラッピングされている有名チョコブランドの箱を掲げる。

「おお、いいな！　そうだ、そのチョコをつまみにして……」

そこまで言ったところで集中力が切れたのか、鷹央の手から本が滑り落ち、顔面に直撃した。鈍い音が響き渡る。

「ほら、言わんこっちゃない。次からはちゃんと座って読んでくださいね」

僕は呆《あき》れながら床に落ちた本を拾い、近くにある〝本の樹〟の上に置く。いつもなら飛んでくる、「うるさい、ほっとけ！」という憎まれ口も聞こえてこない。よほど痛かったらしい。

「大丈夫ですか、鷹央先生」

顔の中心を押さえている鷹央に、鴻ノ池が慌《あわ》てて声をかける。

「ちょっと見せて下さい。ああ、鼻が赤くなっているじゃないですか。ダメですよ、せっかく綺麗な形しているんだから。えっと……、痛いの痛いの飛んでいけー」

それが医者のやることか。鷹央先生には、もっと効果的な痛み止めの処置があるんだよ。

涙目の鷹央の頭を撫《な》でながら、おまじないを唱える鴻ノ池を尻目《しりめ》に、僕はローテーブルに置かれた箱を開け、やけに高級そうなチョコを一粒摘まむと、「いたたたた……」と小声でうめいている鷹央の口に放り込んだ。

鷹央は無言でチョコを咀嚼《そしゃく》しはじめる。

「どうですか？　少しは痛みが紛れました？」

僕が訊《たず》ねると、鷹央は鼻の頭を撫でながら頷《うなず》いた。

「あっ、ずるい。私が買ってきたチョコなのに。私も鷹央先生を餌付《えづ》けしたかった」

頬を膨らませる鴻ノ池を無視して、僕は鷹央に話しかける。

「で、さっきの話、続きはなんなんですか？」

「話の続き？　ああ、チョコに合わせる酒なら、なんと言っても赤ワインが一番だな。特にダークチョコレートの深みのあるカカオの苦みには、フルボディの赤が合う。私のお勧めはカベルネ・ソーヴィニヨンのカリフォルニアワインで、特に……」

「酒の話じゃありません。先月の臓器強奪事件で、なにか見落としていることがあるって件です」

「ああ、それか」

　鷹央はつまらなそうに言うと、鼻の頭を押さえたまま立ち上がって部屋の隅にいき、そこに置かれているワインセラーから赤ワインのボトルを取り出す。鴻ノ池が素早く〝本の樹〟の隙間《すきま》を縫って再びキッチンへと向い、ワイングラスを三つ持ってきた。

　鷹央は「ほら、開けろ」とボトルとワインオープナーを僕に押し付けてくる。

「あの、僕、車で通勤しているんですが……」

「ん？　飲みたくないなら、別にお前は飲まなくていいぞ。私と舞《まい》で一本空けるから」

「そうしましょ、そうしましょ。鷹央先生のワイン、いつも美味《おい》しいから楽しみ」

　鴻ノ池が小さく飛び跳ねる。

　そう、たしかに鷹央が買ってくるワインは美味しいのだ。金への執着がまったくない鷹央は、給料の大部分を本、様々な音楽のレコード、映画やアニメのブルーレイなどの趣味に費やしている。そして、その趣味の一つがワインだ。この〝家〟のワインセラーには、赤、白、ロゼ、スパーリングを問わず、様々な種類の高級ワインが貯蔵されており、鷹央はいつもつまみに最も合う銘柄を選んで飲んでいた。

　僕はワインオープナーでコルク栓を抜きながら、これからの行動をシミュレートする。

あの臓器強奪事件について、鷹央はまだなにか気になることがあるようだ。完全に解決したと思われていた事件に、どんな秘密が隠されているのか興味があった。

しかし、長い話になりそうな気がする。もしここで断ったら、ワインを楽しむ鷹央と鴻ノ池を尻目に、一人だけしらふでブドウジュースでも舐《な》めながら話を聞くことになるだろう。

ポンッという軽い音とともにコルク栓が抜けた。僕は三つのグラスにワインを注いでいく。

「やっぱり僕もいただきます」

まだ午後六時過ぎだ。飲みながら話を聞いたあと電車で帰っても、そこまで遅くはならないだろう。

「おお、それでこそ小鳥《ことり》だ。よし、今日は飲むぞ！」

「いや……、このワインが空いたら帰りますからね。明日も普通に朝から仕事ですから」

僕が釘をさすと、鷹央は「ノリ悪いな」とつまらなそうに唇を尖《とが》らせつつ、グラスを掲げた。僕と鴻ノ池がそれに倣《なら》う。

薔薇《ばら》色《いろ》の液体を一口含むと、かすかな甘みとともに、爽《さわ》やかな酸味と濃厚な渋みが舌を包み込み、芳醇《ほうじゅん》な香りが鼻腔《びくう》に抜ける。口の中でひとしきりワインを転がして楽しんだあと、僕は喉《のど》を鳴らして飲み下し、深い息をついた。ゆっくりワインの風味を楽しむ僕とは対照的に、鷹央と鴻ノ池はグラスのワインを一気に飲み干すと、すぐに二杯目を飲みはじめる。

「どうだ、うまいだろ」

早くも二杯目をあおったあと、鷹央はチョコを一粒、口の中に放り込む。

「チョコが溶けたあたりでワインを含んでみろ。また違った味わいを愉《たの》しめるぞ」

鷹央の言葉に従いながら、ひとしきりワインとチョコのマリアージュを堪能《たんのう》した僕は、空になった鷹央のグラスに深紅の液体を注いだ。

「話を戻しますけど、あの事件にまだ『謎』が残っているとは思えないんですよ。『ホルスの目』がどうこうっていうのも、鷹央先生にすべて見破られた水上さんの負け惜しみじゃないですか？」

「いいや、私は最初から少しだけ違和感をおぼえていたんだよ。ただ、事件の根幹にかかわることではないと、それを無視していた。しかし、水上京之介の最期の言葉を聞いて、もしかしたらその違和感は大きな意味を持っていたのかもしれないと思いはじめたんだ」

鷹央は僕が注いだワインを一気に口の中に放り込むと、葡萄《ぶどう》の香りがする息を吐いた。

「その『違和感』ってなんですかぁ？」

すでに少し酔いはじめているのか、鴻ノ池がわずかに舌ったらずな口調で訊ねる。

「腎臓《じんぞう》だ」

鷹央はグラスをローテーブルに置く。

「なぜ最後に腎臓が盗まれたのか、それがはっきりとは分からなかった」

「えー、鷹央先生が説明してくれたじゃないですかぁ。真紀さんが死後の世界で復活するために必要だったから、臓器を奪ったんだって。水上さんも認めてましたよぉ」

「ああ、たしかに最も重要な心臓、そしてその後の二回で盗まれた肺と肝臓は必要だったんだろう。けれど、最後の腎臓については別だ」

「どう別なんですかぁ？」

頬を桜色に染めながら、鴻ノ池が訊ねる。

「古代エジプトにおいて、腎臓という臓器はそれほど重要視されていなかったんだ。ミイラを作る際、心臓を残して、胸郭、そして腹腔内の臓器は全て取り除かれる。しかし、後腹膜に存在する腎臓にかんしては厳密な定めはなかった。わざわざ取り出さないことが多かったようだが、心臓のように絶対に残さなくてはいけないわけでもない」

「え、じゃああの壺の中には入れていなかったんですか？」

「カノポス壺だな。あれは一体のミイラに対して基本的に四つ、ホルスの息子であるイムセティ・ハピ・ドゥアムトエフ・ケベフセヌエフの四人の神々をかたどって作られ、それぞれに何を入れるか決まっている。肝臓、肺、胃、そして大腸や小腸のような腸管だ」

「腎臓はないんですね」

僕があごに手を当てると、鷹央はテーブルに置いていたワインボトルを無造作に掴《つか》む。

「そうだ。つまり、腎臓は死後の世界での復活のために必要な臓器ではなかったんだよ。なぜ大きなリスクを冒し、大金を払ってまで、水上京之介が腎臓を手に入れようとしたのか、よく分からない。それが違和感の正体だ」

鷹央はボトルに直接口をつけてワインを喉に流し込むと、手の甲で口元を拭《ぬぐ》った。いいワインなのに、もったいない……。

「でも、水上さんが信じていた、なんでしたっけ……。そう、ケメティズムってやつは、父親が勝手に作った自己流の教義みたいなものに基づいていたんですよね。だったら、古代エジプトの正式な教えとはかなり違っていてもおかしくないんじゃないですかぁ？」

鴻ノ池が空になったグラスを差し出す。鷹央は「ああ、私もそう思っていたよ」と、グラスにワインを注いだ。

「なら、もうあまり気にしなくていいんじゃないですかぁ？　水上さんのお父さんが作り上げた教義では、腎臓は必要な臓器だった。そういうことでいいじゃないですかぁ」

「そう自分を納得させようとして、古代エジプトについての資料を片っ端から集めて、この一ヶ月半、読み漁《あさ》ったんだ。しかし、どの時代においても腎臓をそこまで重要視しているということはなかった。水上京之介の父親が腎臓が重要だという教義を思いついたとしたら、その元になる教えがあると思ったんだが、結局見つからずじまいだ」

　だから、ずっと古代エジプトについて調べていたのか。真面目《まじめ》と言うか、貪欲《どんよく》と言うか、融通が利《き》かないと言うか……。

　僕が呆れていると、鷹央は「それに……」と付け加える。

「実際に、壺から採取されたＤＮＡに神宮寺由佳のものはなかった」

「壺ではなく、体の中に戻されていたのでは？　だとしたら、あの火事で完全に焼失するのも当然です」

　僕の意見に、鷹央はかぶりを振った。

「ミイラづくりは重労働だ。脳や臓器の処理もそうだし、その後の乾燥、防腐処置、そして最後に全身に布や包帯を巻くのも極めて時間と手間がかかるはずだ」

「まあ、たしかに……」

　鷹央がなにを言いたいのかはかりかね、僕は曖昧《あいまい》に頷く。

「水上真紀の遺体が盗まれたのは、いまから三ヶ月以上前だ。すでに孫の心臓を手に入れていた水上京之介は、すぐにミイラづくりをはじめたと考えて間違いない。そうでないと、遺体が腐敗してしまうからな」

「……ですね」

最愛の孫娘の脳を除去し、内臓を取り出している京之介の姿を想像し、せっかく口の中に残っていたワインの後味が台無しになる。

「そのあと強奪してきた肺と肝臓については、別に大した手間はかからない。処置をしたあと、壺に入れればいいだけだからな。ただ、もし腎臓を再び孫の体の中に入れるとしたら、すさまじい手間がかかる。腎臓の防腐処置をしたうえで、巻いた包帯を取り去り、腹腔に戻さなければならないんだからな。処置が不十分だったとしたら、せっかく一度は完成したミイラが腐る可能性だってあったんだ」

口から「あっ!?」という声がワインの香りとともに漏れる。

「分かったか。もし水上京之介が腎臓を絶対に必要なものだと考え、遺体の腹腔内に戻すつもりなら、肺や肝臓よりも早く、まず腎臓を手に入れようとするはずなんだ。他の臓器に比べて腎臓というのは移植件数が多い。最も盗みやすかったはずだ」

「言われてみれば……」

「それだけじゃない。肺と肝臓が盗まれた際は脳死患者からの臓器提供だった。心停止後は、それらの臓器提供はできないからな。しかし、うちの病院で強奪された腎臓は死後の臓器提供だ。脳死臓器提供はいつ行われるか、かなり前から分かっている。それに対し、死後臓器提供は患者の心停止を確認してすぐに行われるものなので、前もって予定が完璧《かんぺき》に立てられるわけじゃない。臓器を強奪するにしても、綿密に計画を立てることは難しいんだ」

その通りだ。なぜ、そんな単純なことに気づかなかったのだろう。

「なら、どういうことになるんでしょう？」

さっきまでとろんとした目をしていた鴻ノ池が、真剣な表情になる。

「はっきりとは分からない。腎臓についてだけ、連続臓器強奪事件の中で異質なのはたしかなんだが、それ以上の推理を展開するのに十分な情報がまだ得られていないんだよ」

鷹央は口をつけたボトルをさかさまにして、残っていたワインを、一気に喉に流し込む。高級ワインを、そんな雑な飲み方するなんて……。

「でも、あれ以来、臓器強奪事件は起きていないわけですし、実行犯を警察が必死で探しているじゃないですか。もう、僕たちがかかわる必要はないですよ。とりあえず様子を見て、またなにか状況が変わったら臨機応変に対応すればいいんじゃないですか」

僕は諭すように言う。鷹央は少し考えたあと、不満げながら「まあ、そうだな」と頷いた。

よかった。またおかしなことに巻き込まれるのは避けられそうだ。

僕が胸を撫でおろしていると、玄関からノックの音が聞こえてきた。

「誰だよ、もう勤務時間は終わっているっていうのに」

鷹央が愚痴をこぼすと、扉がゆっくりと開いた。その向こう側にいる人物を見て、僕は目を大きくする。

「桜井《さくらい》さん？」

夏だというのに薄手のコートを羽織った猫背の中年男、警視庁捜査一課殺人班の刑事が、人のよさそうな笑みを浮かべてそこに立っていた。その後ろには成瀬の姿もある。

「どうもどうも、天久《あめく》先生、小鳥遊《たかなし》先生、鴻ノ池先生、お久しぶりです。お楽しみのところ、すみません。ちょっと失礼してもよろしいですか？」

愛想よく言いながら、桜井は鳥の巣のような天然パーマの頭を掻《か》く。

「なんの用だ？　偽《にせ》コロンボ」

鷹央は空になったワインボトルを、振り子のように左右に振った。

「いえ、実はですね、昨日から練馬《ねりま》署に立った捜査本部で捜査に当たっていまして。近隣署である田無《たなし》署からヘルプに来た成瀬君とまたペアを組んでいるんですよ。それで、よろしければ天久先生のお知恵を拝借できないかと思いまして」

「殺人班のお前が出張っているということは、殺人事件だな」

間接照明の淡い光に照らされた室内で、鷹央の瞳がきらりと輝く。

「そして、すぐに私の知恵を借りたいということは、極めて不可解な状況だということだ」

「うーん、半分当たりで、半分外れといったところでしょうか」

成瀬とともに部屋に入ってきた桜井は、もったいつけるように言う。

「どういう意味だ。私の知恵を借りたいっていうなら、さっさと教えろ」

鷹央に睨《にら》まれた桜井は「ああ、すみません」と、わざとらしく首をすくめる。

「志田《しだ》篤人《あつと》という名の二十四歳の会社員が、二週間ほど前、帰宅する際に何者かに拉致《らち》されたんです。そして昨日の朝、石神井《しゃくじい》公園の雑木林に彼の遺体が埋まっているのを、犬を散歩させていた近所の住人が発見しました。死後、十日以上経っているとみられ、誘拐殺人事件として捜査本部の立ち上げが決まり、私が所属している班が投入されました」

「それじゃあ、普通の殺人事件じゃないか。どこに私の頭脳を必要とするような魅力的な『謎』があるっていうんだ？」

「実は、今回うかがったのは、不可思議な事件だからというわけではないんですよ。天久先生が解決したはずの事件と、今回の事件が繋《つな》がっている可能性が高いので、こうしてご報告を兼ねて、やって来たんです」

「私が解決したはずの事件？　どういうことだ。はっきりと言えよ」

うながされた桜井は、咳《せき》ばらいをすると静かに告げる。

「司法解剖をしたところ、被害者の腎臓が奪われていることが分かりました。……先月、移植された腎臓が」

鷹央の瞳が大きく見開かれる。僕と鴻ノ池も大きく息を呑んだ。

絶句している僕たちを見回すと、桜井は「そうです」と重々しく頷いた。

「神宮寺由佳さんから摘出された二つの腎臓、そのうち盗まれなかった方を移植されたレシピエントこそ、被害者である志田篤人さんだったんですよ」

2

「ほれ」

新しく開けたボトルを持った鷹央が、一人がけのソファーに腰掛けた桜井のグラスにワインを注いでいく。

「こりゃ、どうも。遠慮なく頂きます」

薔薇色の液体の香りを嗅《か》いだ桜井は、グラスを軽く回して間接照明のあかりに浮かび上がる色を楽しんだあと、わずかに口に含んだ。

ワインを口腔内で転がし、喉を鳴らしてワインを飲み下した桜井は、幸せそうに目を細める。

「いやあ、これは良いワインだ。フランス産のメルローですかね」

　鷹央は「ほう」と軽く感嘆の声を上げる。

「正解だ。お前、見かけによらず、なかなかのワイン通だな」

「とある海外ドラマで、ワインをテーマにした回があるんですよ。それがとても好きで何度も繰り返し見ているうちに、自分でもワインを勉強するようになりましてね」

「刑事コロンボの第十九話、『別れのワイン』だろ。コロンボシリーズの中でも、最も人気の高い作品の一つだな。私も大好きだ」

「おお、さすがは天久先生。分かってくれますか。犯人役であるドナルド・プレザンスの渋く深みのある演技と、コロンボ役であるピーター・フォークの駆け引き、そして最後、ワインを愛する者としての能力が皮肉にも……」

　桜井が嬉々《きき》として前のめりになったとき、その後ろに立っている成瀬が、大きな咳ばらいをした。

「いまは古い刑事ドラマの話をしている場合ではないんじゃないですか」

「ちょっとぐらいいいじゃないか……」

　よほど『刑事コロンボ』の話ができないことが悔しかったのか、振り返った桜井は恨めしげに成瀬を見る。まあ、ある意味、日常的にコロンボのコスプレをしているような男だ。同好の士と語り合うことに飢えているのかもしれない。

「そもそも、ここでワインなんて飲んでいいんですか？　いまはまだ一期なんですよ」

聞きなれない言葉に、僕は「一期？」と聞き返す。成瀬はがりがりと頭を掻いた。

「捜査本部が立ちあがってから最初の十四日間は『一期』と呼ばれて、特に重要視されているんですよ。初期捜査で事件が解決することも多いですからね。刑事たちは捜査本部がある所轄署《しょかつしょ》の武道場に寝泊まりして、捜査に打ち込みます」

僕が「はぁ、なるほど」と相槌《あいづち》を打つと、成瀬はこれ見よがしに大きくため息を吐《つ》いた。

「だから、こんなところでワインを飲んでいるひまなんてないはずなんです」

「いやあ、固いなあ、成瀬君は」

桜井はワインを舐めるように飲みながら、軽い声を上げる。

「たしかに一期は重要だけど、夕方の捜査会議が終わったら、みんな武道場で酒を飲んだりしているじゃないか。どこで飲んでいるかの違いだよ。それに、安い発泡酒より、こうしてうまいワインのお相伴にあずかっている方がいいでしょ」

「なんだ、成瀬もワインが飲みたかったのか？　それなら、遠慮せずに言えよ」

鷹央がワインボトルを掲げると、成瀬は「違います！」と声を荒らげる。

「武道場で酒を飲むのは、捜査員同士で情報交換をして、明日以降の捜査に役立てるためでもあります。ここでワインを飲むのとは重要性が全く違います」

「ああ、そうだね。たしかに重要性は全く違う」

腹の底に響くような低い声で桜井は言った。その迫力に圧《お》されたのか、成瀬は軽くのけぞる。

「成瀬君、これまで我々警察が解決できないような不可解な事件を、天久先生が解き明かしていくのを何度も見ているだろ」

「それは、そうですが……」

成瀬は口ごもる。

「まだ帳場が立ってたった一日しか経っていない。情報交換しようにも、みんな大した情報は持っていないさ。それに私は、班の中で浮いているからね。武道場にいてもあまり意味がないんだよ」

仲間内でも浮いているのか、この人。僕が呆れていると、舌の滑りをよくするためか、桜井はワインを一口飲んだ。

「それに対して、天久先生のお話をうかがうことには極めて大きな意義がある。なんと言っても、天久先生こそが連続臓器強奪事件の真相をあばいたんだからね。そして、今回の殺人事件と連続臓器強奪事件は、密接に繋がっている」

苦々しい表情で黙り込む成瀬の前で、桜井はしゃべり続ける。

「捜査本部で天久先生から情報を引き出せるのは、信頼を得ている私しかいない。というわけで、いまはワインをご馳走になるのが正しい判断なのさ」

「信頼を得ている？」

鷹央は皮肉っぽく鼻を鳴らす。

「おいおい、私はお前のことなんて、これっぽっちも信頼してないぞ」

「おや、寂しいことをおっしゃる。私は天久先生と固い信頼関係を結べていると思っているのに」

「なに白々しいことを言っているんだ。私から情報を絞れるだけ絞り取ろうと、常に隙をうかがっているくせに。この腹黒タヌキめ」

「腹黒はお互いさまではありませんか。先生も私から雑巾《ぞうきん》を絞るように、情報を絞り出そうと常に企《たくら》んでいるでしょ」

「なるほど、騙《だま》し合いの相手として信頼しているということか。まあ、はらわたにイカ墨が詰まっていそうなお前の腹黒には一目置いているよ。化かし合いの相手としては不足ない」

「天久先生にそう言って頂けるとは光栄です。ぜひ、今夜も一つ化かし合いをお願いします」

鷹央と桜井は視線を合わせると、同時にぐふふと不気味な含み笑いをこぼした。あまりに邪悪な雰囲気に、鷹央の隣に座っていた僕は思わず身を引いてしまう。

「では、さっそくですがはじめますか。なにか、事件についてご存じのことはありませんか」

「おいおい、いきなり押しかけてきてなにを言い出すんだ。私は先月、事件は完璧に解決したと思っていたんだぞ。まさか続きがあるなんて夢にも思っていなかった。『ご存じのこと』なんてあるわけないだろ」

鷹央は芝居じみた仕草で肩をすくめる。

完全に予想していたくせに……。この二人、『化かし合い』を楽しんでないか？　呆れつつ、僕は自分のグラスにそそいだワインをちびちびと飲みながら成り行きを見守った。

「これは失礼いたしました。天久先生のことですから、てっきりこの事態もある程度は予想していたものと思い込んでおりまして。……予想、していたんじゃないですか？」

桜井は、探るように鷹央の顔を覗《のぞ》き込む。

「さあ、どうだろうな。まあ、私ぐらい超人的な頭脳を持つと、色々なことが見えてくるのは確かだけどな」

持ち上げられた鷹央は、軽く胸を反らす。どうやら、タヌキとしては桜井の方が一枚上手のようだ。

「くだらない駆け引きはやめて、さっさと本題に入って下さいよ」

成瀬が苛立《いらだ》たしげに吐き捨てた。

「ノリが悪いなぁ、成瀬君は。天久先生との腹の探り合いは、なかなかスリリングなんだから、少しは楽しませておくれよ」

おどけるように桜井は肩をすくめる。

「そもそも、捜査関係者でもない天久先生に情報を渡すこと自体が問題なんです。まだ、報道もされていないのに」

「どうせ、二、三日もしたら、マスコミが嗅ぎつけて、連続臓器強奪事件と関連づけてワイドショーあたりで大騒ぎするさ。少し早く教えて差し上げるだけだ。マスコミの過剰に煽《あお》り立てる報道より、私たちからの情報の方が正確で詳細が分かる。天久先生に推理していただくためには、私の口からお伝えした方が合理的なのさ。それに……」

桜井は成瀬を見ながら、にやりと笑う。

「連続臓器強奪事件の際には、成瀬君も天久先生に情報を流して、推理してもらったんだろう？」

「それは……」

痛いところをつかれた成瀬は、黙り込んだ。

「いつまで無駄話しているんだよ。ほら、さっさと事件について話せ。きりきり話せ」

焦《じ》れた鷹央に急《せ》かされた桜井は、「ああ、すみません」と頭を掻く。

「さきほど説明したように、被害者は志田篤人という名前の二十四歳の会社員です。二週間ほど前の深夜、同居する母親から『息子が帰らない』と警察に通報がはいりました」

「ん？　二十四歳の男が家に帰らなかったからといって、すぐに親が通報なんてするものか？」

　鷹央が首をかしげる。

「志田篤人さんは母親の洋子《ようこ》さんと、小さなマンションで二人暮らしをしていました。夕食は基本的に洋子さんの手作りで、いつも二人で食べていたらしいです」

「腎移植を受けたということは、志田篤人はもともと腎不全だったはずだ。そうなると、食事もかなり制限される。母親が息子のために、たんぱく質、塩分やカリウム、水分などの量を考えた食事を作っていたということか」

　それらを計算しつつ食事を作るのが、どれだけ大変なことなのか想像に難くない。それだけ息子を愛していたということなのだろう。その息子の命が奪われてしまった。想像を絶する衝撃と哀《かな》しみだったはずだ。僕は口元に力を込めた。

「ええ、そうらしいです。その日も、午後六時過ぎに『いまから帰る』という連絡が入っていたので、洋子さんは食事を準備して待っていたらしいです」

「けれど、いくら待っても息子は帰ってこず、不安になって通報した。そういうことだな」

　桜井は「はい」と頷いた。

「最初、洋子さんは息子さんがどこかで倒れているんじゃないかと思ったそうです。まだ腎移植を受けて一ヶ月ほどしか経っていませんでしたから」

「なるほど、臓器移植後の合併症で息子が倒れていると心配して通報したというわけか」

「はい。しかし息子は見つからず、朝になっても行方不明のままだったので捜索願が出されました。そして、二週間ほど経った昨日……」

「遺体で見つかった」

　鷹央は低い声でセリフを引き継ぐと、桜井にまっすぐ視線を向ける。

「なあ、被害者の母親と会うことはできないか？　できれば詳しい話を直接聞きたいんだが」

「それは無理です」

　桜井は弱々しく首を横に振った。

「昨日、息子さんの遺体が見つかってから、彼女はパニックになってしまい、大声で泣き叫び続けました。そのままでは自分の命を絶ちかねないということで、現在は警察病院の精神科病棟で鎮静剤を打ちながら様子を見ているところです。落ち着いたら私たちも話を聞きたいんですが、それが可能な状態まで回復するかどうかも定かではないというのが、精神科主治医の見解です。まあ、それもそうでしょう。女手一つで育てあげ、ずっと二人で寄り添い、支え合いながら生きてきた最愛の一人息子の命が理不尽に奪われたんですから」

鷹央は顔を曇らせ、「……そうか」と小さな声を絞り出す。

「女手一つっていうことは、シングルマザーだったっていうことですか？」

重くなった空気の中で、鴻ノ池が早口で言う。

「ええ、そうです。被害者の父親とは、もともと籍を入れていなかったらしいですね。たちの悪いチンピラで、強烈なＤＶを受けたということです。もともとクラブのホステスをしていた洋子さんのヒモで、なにやら非合法の商売に手を出していた気配があったとか。教えてもらっていた名前もおそらく偽名だったと思うと、洋子さんは言っていたらしいです」

「ひどい……」

鴻ノ池が鼻の付け根にしわを寄せる。

「ええ、ひどいですね。まだ赤ん坊の篤人さんが泣いたとき、『うるさい』と殴りつけたのを機に、洋子さんは息子を一人で育てていこうと決めて、その男と別れたということです。まあ、その後もたびたび金をせびられたらしいですが」

それだけ苦労し、愛情を注いで育てた息子が無惨に殺されたら、心が壊れてしまうのも当然だ。鉛のように重い沈黙が部屋に下りた。

沈黙を破ったのは鷹央だった。陰鬱《いんうつ》な声で、「死因は分かっているのか？」と訊ねる。

「はっきりと確定したわけではないですが、おそらくは腎臓を取られた際の出血で死亡したのではないかと……」

「……つまり移植された腎臓は、死後ではなく、被害者が生きた状態で摘出されたということだな」

生きた状態で……。鷹央が口にしたその事実に、背筋に冷たい震えが走った。

「なんで、そこまでして腎臓を奪おうとするんだ……」

僕が呆然《ぼうぜん》とつぶやくと、鷹央が「ただの腎臓じゃない」と視線を向けてくる。

「神宮寺由佳から提供された腎臓だ」

「由佳さんの腎臓であることが重要だったってことですか？」

「そうとしか考えられないだろ。レシピエントを拉致誘拐したうえで、腎臓を奪って殺害しているんだぞ。コーディネーターを殴って移植用の臓器を奪うのとは比較にならないほど凶悪な犯罪だ。それをしたということは、犯人には神宮寺由佳の腎臓が絶対に必要な理由があったんだ」

「理由ってなんですか？」

「分かるわけがないだろ。まだ、全然情報が足りてない状態なんだぞ。エサをねだる雛《ひな》鳥《どり》みたいに、口を開けてぴーちくぱーちく答えを欲しがってないで、自分でも考えてみろ。お前の首の上に載っている頭部は飾りかなにかか」

思考を邪魔されたことが気に入らなかったらしい。いつも以上に口が悪い。それに……。

僕はおずおずと鷹央の横顔を眺める。もしかしたら、被害者である志田篤人がどのように命を奪われ、その母親がどれほど悲嘆に暮れているのかを知ったことで、鷹央は自分を責めているのかもしれない。腎臓が盗まれたことについての違和感をもっと突き詰めていれば、志田篤人は殺害されなかったのではないか。そんな想《おも》いが彼女の表情から見て取れる。

それはたんなる結果論に過ぎず、志田篤人の殺害を予想することなど不可能だったのだが、そう割り切れるほど器用な人ではないのだ。

「……被害者、志田篤人について教えろ。知っていることをすべてな」

暗い表情で鷹央が促すと、桜井は「はいはい」とコートのポケットから手帳を取り出した。

「志田篤人さんは二十四歳の会社員で、家電メーカーの総務部で働いています。人柄はよく、周囲にも好かれていて、他人とのトラブルなどは全く聞かれませんでした」

「借金は？」

「殿村のように、闇金《やみきん》から金を借りていたかということですか？」

鷹央が「そうだ」と頷くと、桜井は手を振った。

「そちらに関してもシロです。銀行口座を確認したところ、給料の大部分を貯金に回していました。母親にも生活費として毎月五万円ほど渡していたということです。誠実で堅実な若者ですよ」

そんな若者がなぜ理不尽に殺害されなくてはならなかったのだろう。僕は膝《ひざ》の上に置いた拳《こぶし》を握りしめる。

「そうか……。腎不全になったのはいつからだ？」

鷹央の質問に、桜井はぱらぱらと手帳のページをめくった。

「ええと、小学生のころに腎臓病と診断されて、その後、治療を受けていたようですが、高校生のときに透析が必要になったということです」

「その年齢ということは、糖尿病性腎症は考えにくいですね。なんらかの糸球体腎炎ですかね」

僕は頭の中で、該当する疾患を思い浮かべていく。

「すみません。ちょっと病気についての詳しい情報までは……」

桜井は鳥の巣のような頭を掻くと、「ただ」と続けた。

「高校生以降はかなり苦労したみたいですね」

「でしょうね。週に三回も、数時間の透析治療が必要だったんですから」

「はい。さらに、耳と目もあまり良くなく、色々と治療が必要だったようです。大学に入るときには、補聴器をつけるようになり、目の方もなにか手術を受けたとか聞いています。そんな状況の中でも勉強を頑張って第一志望の大学に合格し、一流の企業へと就職しました」

様々な障害を乗り越えていくためには、血の滲《にじ》むような努力が必要だったろう。その苦難を想像し、口を固く結ぶ僕の前で、桜井は「さらに」と続ける。

「就職しても、病気により苦労したそうです。本当は営業職を希望していましたが、接待などで会食をする必要があるので、配属されなかったようですね」

「透析患者さんって、飲食をかなり制限されますからね」

鴻ノ池が小さな声で言った。

「ええ、仕事の内容まで制限されたことで、被害者はかなり強く腎移植を望んでいたらしいですね。ただ、なんでしたっけ、えっと……ＨＡＬ？」

「ＨＬＡだ。ＨＡＬじゃあ、『２００１年宇宙の旅』に出てくる宇宙船のコンピューターになっちまうだろ」

鷹央が即座に訂正する。普段なら、そこから『２００１年宇宙の旅』についての雑学を延々と喋《しゃべ》り出しそうなものだが、事件に集中しているせいか、今日はあごをしゃくって桜井に先を促すだけだった。

「そうそう、そのＨＬＡってやつが日本人にしてはかなり珍しいらしく、高校時代からずっと移植待機リストに入っているのに、なかなか適合する腎臓の提供が受けられなかったらしいです」

「母親からの提供は？　腎臓は二つある臓器だ。家族間の生体腎移植は日常的に行われているだろ。親子なら、少なくとも半分のＨＬＡは一致しているはずだ。血液型が合わなかったか？　しかし、腎移植では血液型の一致は必須ではないぞ」

鷹央が早口で質問する。桜井は「ええと……」とつぶやきながら、手帳を凝視する。

「血液型にかんしては問題なかったようです。親子ともにＯ型でしたから。ただ、母親である志田洋子がＢ型肝炎のキャリアだったということで、移植はできなかったということです」

喉の奥から「ああ……」といううめき声が漏れてしまう。移植手術の後には、急性の拒絶反応を防ぐために免疫《めんえき》抑制剤を十分に投与する。しかし、免疫を抑制すれば当然、病原体に対する抵抗力が弱まる。Ｂ型肝炎ウィルスを保持しているドナーから臓器提供を受ければレシピエントが感染し、場合によっては劇症肝炎を起こすリスクすらあった。自らの臓器を提供することもできず、腎不全をはじめとする様々な疾患に一人息子が苦しんでいるのを側で見ているのは、胸が張り裂けそうなほどにつらかっただろう。僕は顔も知らぬ女性に深く同情する。

「つまり、志田篤人にとって神宮寺由佳からの腎臓は、地獄に垂れた蜘蛛《くも》の糸のようなものだった。まさに、命のバトンが正しく渡されたということだ。なのに……」

鷹央の口元から、奥歯が軋《きし》む音が響く。

神宮寺由佳の崇高な遺志が、病魔に苦しめられる青年を救った。臓器移植の理念の体現だ。しかし、それを踏みにじった者がいる。

誰が、なんの目的で、志田篤人から命のバトンを強奪したというのだろう。なぜ、ハンデを背負いながらも必死に生きてきた若者が、その未来を奪われなくてはならなかったというのだろう。

「周囲の話では、腎臓移植を受けて以来、志田篤人さんはとても明るくなっていたということです。術後の経過も順調で、来月には母親と温泉旅行を予定していた。これまで、透析が必要なのでほとんど旅行できなかったけれど、その制限がなくなったから母に恩返しができる。そう言っていたらしいです」

気を落ち着かせるように、桜井は大きく息を吐く。

「そんな善良な若者の命を奪った鬼畜にワッパをかけ、なんとしても報いを受けさせたい。それが我々の願いです」

桜井は突然、頭頂部が見えるほどに深々と頭を下げた。

「ですから天久先生、どうか力をお貸しください」

鷹央は腕を組むと、ソファーの背もたれに背中を預ける。

「殿村が金を借りていた闇金についての情報は？　そいつらが連続臓器強奪事件にかかわっていた可能性が高い」

「水上京之介が殿村を通じて、その反社会組織とコンタクトを取り、臓器の強奪を依頼したということですね。捜査本部もそう考えて、いま必死に組織について洗っています。ただ残念ながら、いまのところ情報は皆無といっていい状況ですね」

「皆無？　天下の警視庁の捜査力でもか？」

鷹央の眉《まゆ》がピクリと動く。

「ええ、そういう違法な高利貸しはもともと、暴力団関係者が行っていることが多かった。その場合は、捜査四課をはじめとして、我々はかなり詳細な情報を持っています。しかし、暴対法の施行《せこう》以来、暴力団の勢力はどんどん弱まっていき、代わりに、従来の暴力団とは全く異なった反社会組織が雨後の筍《たけのこ》のように湧《わ》いて出てきています」

「『半グレ』とか呼ばれている奴《やつ》らだな」

「ええ、そうです。奴らはこれまでの暴力団とは全く違うルートで違法な商売をしている。それぞれが好き勝手に反社会活動に手を染めているので、その全容を把握するのは難しくなっています」

「殿村が金を借りていたのも、そういう組織だったってことか？」

「それは間違いありません。チラシなどに書かれている携帯電話の番号に電話をして『金を借りたい』と言えば、すぐに車でやって来て金を渡してくれる。その代わり、契約書も作らずにとんでもない金利を吹っかけてきて、もし金を返さなかったり警察に通報したりしたら、いきなり攫《さら》って激しい暴行を加えたり、場合によっては……命を奪う」

桜井の声が低くなる。

「あまりにも手口が雑なうえ、極めて強い暴力性を持っている危険な奴らです。ただ、普通はやり口が稚拙で統率が取れていないので、すぐに末端から中枢《ちゅうすう》に辿《たど》れて、組織を一網打尽にできることが多いのですが、殿村が金を借りていた組織はそうでなかった」

「統率が取れているということですか？」

僕が口を挟むと、桜井は固い表情で頷いた。

「ええ、しっかりと。おそらくは、かなりの年月、違法な商売に手を染めてきて、そのノウハウを蓄えた人物がトップにいるのでしょう。末端の構成員が捕まっても、捜査の手が上にまで伸びないようにリスク管理ができている。完全に下を使い捨てていくシステムなので、トカゲのしっぽのように手がかりが切れてしまう。トップの正体を知るのは、多くても十数人と言ったところでしょう。本当に厄介です」

「攫う……か」

鷹央はぼそりとひとりごつ。桜井が「なにかおっしゃいましたか？」と聞き返した。

「その組織は金を返せなかった奴を攫って、最悪、殺すんだよな」

「はい、おそらくは。ただ、遺体が出ているわけではないので、断定はできません。被害者たちはただ完全に『行方不明』になるだけです」

「ということは、国外に連れ去られた可能性が高いな。人身売買の商品、もしくは、違法臓器移植のドナーとして」

淡々とした口調で恐ろしい内容の言葉を交わす鷹央と桜井の姿に、僕はごくりと唾《つば》を飲み下す。ふと見ると、鴻ノ池が血の気の引いた顔で、表情をこわばらせていた。

「ええ、その組織が違法臓器移植にも手を染めていた可能性は極めて高いでしょうね。だからこそ、臓器を盗むという水上京之介の異常な依頼も問題なく受けたし、志田篤人さんから腎臓を摘出する技術を持つ人物を手配することもできた」

「うちの病院でコーディネーターを襲い腎臓を強奪したのと、志田篤人を拉致して腎臓を奪った組織が同じだとしたら、問題は二つある。なぜそこまで神宮寺由佳の腎臓にこだわるのか、そしてなぜ最初に二つとも奪わなかったかだな」

鴻ノ池が「二つとも？」と聞き返す。

鷹央は「そうだ」とあごを引いた。

「どうしても神宮寺由佳の腎臓が二つとも必要だったとしたら、この病院でコーディネーターを二人とも襲って、両方盗んだ方が遥《はる》かに効率的だったはずだ。しかし、実際はそうはせず、移植を受けたレシピエントを拉致し、殺害して奪うという凶悪犯罪に手を染めた。そのせいで、警視庁捜査一課が出張ってきて、桜田門の威信をかけて捜査がはじまった。どうにも、犯人のやることがちぐはぐだ」

「もしかしたら、最初の事件から志田篤人さんが拉致されるまでの間で、なにか状況が変わったんじゃないですか？　最初は片方の腎臓だけ手に入れればよかったけれど、なにか理由があって両方とも必要になった」

口を挟んだ僕を、鷹央は横目で見る。

「そう考えるのが自然だが、その『理由』が分からない。そもそも、水上京之介の依頼じゃなかったとしたら、どうして腎臓を盗んだんだ」

「誰かに移植しようとしていた、……わけではないですものね」

「ああ、神宮寺由佳の腹腔内で適切な温度管理がされていなかったんだから、移植に使おうとしていたとは考えづらい。しかし、それ以外に臓器の使い道なんて……」

俯《うつむ》いてつぶやいた鷹央は、はっと顔を上げる。

「臓器を使うつもりじゃなかった？　もしかしたら、最初から神宮寺由佳の腎臓を完全にこの世から消すことが犯人の目的だったとしたら……」

鷹央はあごに手を当てて考え込む。十数秒後、彼女はゆっくりと首を横に振った。

「いや、だとしたら、なおさら最初の時点で腎臓を両方奪おうとするはずか。どうにもしっくりこない。うちでの臓器強奪も、志田篤人の拉致・殺害も、極めて綿密に計画が練られている一方、行き当たりばったりのようにも見える」

「ええ、その非対称性こそこの事件の特徴であり、そして真相に迫る手がかりだと私は考えています」

桜井はワイングラスに口を当てる。

「そもそも、犯人はどうやって、志田篤人のことを知ったんだ？　レシピエントの情報は極めて厳重に管理されていて、ドナーの家族ですら誰に臓器が移植されたのか知らされないのに。いったいなんなんだ、この事件は！」

鷹央が両手で髪を掻き乱すと、桜井は両手を広げた。

「私が知っている情報はすべて提供しました。正直、このあまりにも複雑に絡《から》まりあった謎を解きほぐすことは、私たちには難しい。もちろん、時間をかければ我々の捜査線上に犯人が浮かび上がってくる可能性は高い。しかし、それでは遅いんです」

鴻ノ池が「遅い？」と眉をひそめた。

「今回の主犯は海外との違法ビジネスも活発に行っている反社会組織に属し、そのトップに近い位置にいると思われます。つまり、捜査の手が迫っていることを感じ取ったら、高飛びして、私たちの手が及ばない場所に逃げてしまう危険性があるんです」

「なるほどな。だからこそ私を利用して電撃解決し、犯人たちに警戒する間を与えず、一気に組織ごと潰《つぶ》してしまいたいってわけか」

桜井は「その通りです」と、表情を引き締める。

「私たちはこの国にそのような犯罪組織の存在することを、決して赦《ゆる》しません。犠牲になった志田篤人さんの仇《かたき》を取るためにも、どんな手を使っても一網打尽にし、その全員に報いを受けさせます。一人たりとも取り逃がしません。ですから何卒《なにとぞ》、ご協力をお願いします」

再び桜井は頭を下げた。その姿からは、犯人への強い憤《いきどお》りと、市民を守る刑事としての使命感が滲みだしていた。その後ろでは、わずかながら成瀬もあごを引いている。

「頭上げろよ。腹黒タヌキが殊勝にしている姿なんて気味が悪いだけだ」

鷹央は大きくかぶりを振る。

そんないい方しなくても……。僕が諭そうと口を開きかけると、鷹央が先に声を発した。

「安心しろ。お前がいつものように私と腹の探り合いができるように、私が絶対にこの事件の真相をあばいてやる」

鷹央は軽く首を反らすと、不敵な笑みを浮かべた。

「私からの連絡を待っていろ」

「あんなこと言っちゃってよかったんですか？」

自動販売機でコーラを買っている鷹央に声をかける。鷹央は「あ？　なにがだよ？」とコーラ缶の蓋《ふた》を開けた。中から泡が吹き出して溢《あふ》れ、鷹央は小さな悲鳴を上げる。

「ああ、なにやっているんですか」

慌《あわ》てて缶に口をつけて泡を吸っている鷹央に、僕はハンカチを差しだす。

〝家〟で桜井から報告を受けたあと、帰る二人を見送るために僕が一階まで下りようとすると、「そういえば飲み物がもうなかった」と、自動販売機でジュースを買うために鷹央もついてきた。

桜井たちは捜査本部のある練馬署に戻り、鴻ノ池も病院の裏手にある研修医寮に帰っている。診療時間が終わり、明かりが落とされた一階フロアは薄暗かった。

「で、なんの話だ？」

「『絶対にこの事件の真相をあばいてやる』、なんて言ったことですよ。なにか桜井さんからの情報で手がかりを見つけたんですか？」

「いんや、まったく」

「……」

「そんな目で見るなよな。まだ情報を十分に吟味していないからだ。私の頭脳だぞ。じっくりと考えれば、どんな謎《なぞ》だって完璧に解いてみせるさ」

「……その自信が羨《うらや》ましい」

たしかに鷹央の超人的な知能を信頼してはいる。しかし、今回の事件はあまりにも不可解な点が多すぎた。

そもそも、犯人は明確な目的をもって犯行に及んだのだろうか？　もし『目的』があったとしても、水上京之介のように他人には全く理解できない、非論理的で偏執的な動機である可能性だってある。いくら鷹央とはいえ、それを理論で解き明かせるものなのだろうか？

移植を受けたレシピエントを、腎臓を奪って殺害するという残酷な行為を冒してまで、神宮寺由佳の腎臓を欲する。その理由が想像だにできなかった。

これまで鷹央とともにいくつもの摩訶《まか》不思議な事件を解決してきたが、ここまで犯人の動機が見えてこないのははじめてだ。

僕が悩んでいると、背後から足音が近づいてきた。振り返ると、顔なじみの中年警備員が渋い顔で立っていた。

「鷹央先生、ジュースをこぼさないようにして下さいよ。俺たちが掃除しないといけないんですから」

「ああ、悪い悪い。ちゃんと小鳥に掃除させとくからさ」

鷹央はぱたぱたと手を振る。

「自分でやって下さい！　あとでモップ持ってきますから。真《ま》鶴《づる》さんに言いつけますよ」

僕が叱《しか》ると、鷹央は「分かったよ」と頬を膨らませる。

「夜中に床が濡《ぬ》れていると危ないんですよ。先月の初めにも、他の病院のドクターがその辺りで、誰かがこぼしたジュースで滑って、足を挫《くじ》いたりして大変でしたよ」

「他の病院？」

鷹央は目をしばたたく。

「たしか、練馬にある南港医大の先生でしたね。なにかを運ぶはずだったのにとか言って、かなり焦《あせ》っていましたよ」

なにかを運ぶはず？　もしかして、南港医大練馬病院に腎臓を運ぶ予定だった医師か？　襲われたコーディネーターはちょっとしたトラブルで急遽《きゅうきょ》呼ばれたと言っていた。その『ちょっとしたトラブル』というのが、臓器を搬送予定の医師が足を挫いたことだったのだろうか。

僕が思考を巡らしていると、警備員は「くれぐれも、掃除お願いしますよ」と言って去っていった。

「鷹央先生、いまのって……」

話しかけようとすると、鷹央は口元に手を当てて小声でぶつぶつとつぶやいていた。

これは、邪魔をしない方がいいな。そう判断した僕は、近くのトイレからモップを持ってきて、空中を眺めながら呪文《じゅもん》のような言葉を唱えている鷹央のそばで、黙々と床の掃除をはじめる。

数分かけて床を掃除し、モップをトイレへ戻してきた僕は、ようやく呪文を唱え終えた鷹央に「鷹央先生」と声をかける。彼女は僕が隣にいたことにはじめて気づいたかのように目を大きく見開いた。

「小鳥？　あれ、ここどこだ？」

「どこって、一階フロアですよ」

「一階フロア？　なんで私はお前と一階フロアなんかにいるんだ？」

あまりにも思考に集中したため、自分がなにをしていたかも忘れてしまったらしい。

「手に持っているのはなんですか」

鷹央は「手？」とつぶやくと、不思議そうに飲みかけのコーラ缶を眺めたあと、首をひねりながらそれに口をつけた。

飲むのかよ……。

「それを買うついでに、桜井さんたちを見送ったんでしょ。そのあと、警備員に先月ここでドクターが転んだことを聞いたら、いきなり先生がトランス状態に入ったんですよ」

「ん……？　ああ、思い出した思い出した」

鷹央はそう言うと、小さくげっぷをしながら空になったコーラ缶をゴミ箱に捨てる。そのとき、数メートル先にあるエレベーターのドアが開いて、中から三人の人物がおりてきた。天久《あめく》大鷲《おおわし》、天久真鶴、そして初老の男性。

「大鷲先生、真鶴さん、ここで結構ですよ。今後、どのように対応するかは、相手の出方次第でまた相談しましょう。この手のことにかなり慣れている人物のようですので、警戒する必要がありますが、こちらに非はありません。おそらく今回の要求が無理筋であったからこそ、相手も一ヶ月以上、なにも言ってこなかったんですよ」

しわひとつないスーツを着た男性が、よく通る声で言う。なんとなく見覚えがある人物だが、誰だかすぐには思い出せなかった。

「磯崎《いそざき》先生、さっきも言ったがこちらに非があるかどうかはあまり問題ではない。それよりも、病院に悪い評判が立ち、患者が不安になる方が困る。もし、金で解決できるなら、それに越したことはない」

大鷲が険しい表情で言うのを聞いて、男が誰だか思い出す。この天医《てんい》会《かい》総合病院の顧問弁護士の磯崎だ。『オーダーメイドの毒薬事件』で鷹央が訴えられかけた際、法律的なアドバイスをしてくれた人物。

「院長先生、それはよくありません。あの手の奴らは一度でも金を出すと、延々とたかろうとしてきます。決して弱みを見せてはいけません。毅然《きぜん》と対応し、必要とあらば警察と協力して理不尽な要求は跳ねのけるんです。安心して下さい。連絡をいただいてからこの二週間で、様々な準備を整えました。明日にでも先方に連絡して、今後は私がすべての交渉の窓口になると告げて下さい」

磯崎は胸を張るが、大鷲の表情が緩むことはなかった。固く口を結んでいる大鷲の代わりに、真鶴が「どうぞよろしくお願いいたします」と頭を下げる。

「なにがあったんでしょうね。なんか深刻な様子……」

夜間出入り口に磯崎が向かうのを見送って鷹央に話しかけた僕は、思わず絶句する。鷹央の顔に浮かんでいる笑みを見て。

邪悪な雰囲気を孕《はら》んだ満面の笑みを。

「ああ、やっぱりそう言うことか。そうかそうか、思った通りだ。しかし、まさかあっちから飛び込んでくるとは。まさに一石二鳥、いや三鳥だ」

口元からぐふふと怪しい笑い声を漏らすと、鷹央はわざとらしく足音を鳴らして、大鷲と真鶴に近づいていく。

「鷹央!?」

僕たちに気づいた真鶴が驚きの声を上げる。

「よう、姉ちゃん、叔父貴。なんか大変そうだな」

「……盗み聞きか？」

大鷲が苦々しい表情になる。

「おいおい、人聞きの悪いことを言うなよな。私は喉《のど》が渇いたから、自動販売機でコーラを買って飲んでいただけだ」

「鷹央、夜にあまりジュースは飲まないようにって、いつも言っているでしょ」

「……姉ちゃん、いまはそんなこと言っている場合じゃないだろ」

真鶴に叱られて一瞬シュンとした鷹央は、気を取り直すように咳ばらいをして、大鷲を見つめる。

「叔父貴、お前の悩み事を私が解決してやろうか？」

「悩み事？　私がなにを悩んでいるのか、お前に分かるとでもいうのか」

「当然だ」

鷹央は薄い胸を張って即答する。

「私は全部知っている。どうやればすべてうまくいくかもな。もし叔父貴がさっさと悩みから解放されたいと思っているなら、私に任せておけ。大船に乗ったつもりでな」

大鷲は鋭い眼差しを鷹央に注いだまま数十秒黙り込んだあと、ゆっくりと口を開いた。

「お前に依頼をしたとして、成功した暁には私はどんな報酬を求められるんだ」

「おいおい、水臭いな。一応親戚《しんせき》じゃないか。報酬なんてそんな大仰なものはいらないよ」

鷹央はぱたぱたと手を振ると、へたくそなウインクをした。

「ただ、統括診断部の予算を倍にしてくれるだけでいいさ」


「ほれ、最後のおさらいしておくぞ。小鳥、お前は弁護士だ。天医会総合病院の顧問弁護士だな。そして、舞は私の秘書だ。いい芝居をしろよ」

椅子に腰かけた鷹央がはしゃいだ声で言う。

桜井たちから殺人事件の情報を聞いた翌日の午後九時前、僕たちは二十畳ほどの広さの会議室にいた。

広い空間の中心部に、いくつもの長机がまとめて長方形に並べられ〝島〟を作っている。その向こう側に置かれているパイプ椅子《いす》には、まだ誰も腰掛けていなかった。

昨夜、大鷲に「私に任せておけ」と告げたあと屋上の〝家〟に戻ると、鷹央はにやにやと笑いながら言った。

「小鳥、明日はちょっとしたお芝居をするぞ」

なにをするつもりなのか、詳しく聞き出そうとしたが、秘密主義の（というか、詳細な説明を面倒くさがる）鷹央は、「内緒だ」と思わせぶりに言うだけだった。

　そして今日、勤務が終わると「小鳥、舞、ショータイムだ」と言って、ここに来るように指示してきた。

　スーツを着て伊達《だて》メガネをかけた僕は、振り返って全面ガラス張りの窓を見る。二十メートルほど先に、鬱蒼《うつそう》とした林が見える。そして、その手前にある芝生が敷き詰められた空間に、巨大なティラノサウルスの骨格標本がそびえ立っていた。

　ここは市立博物館にある会議室だった。病院から車で十五分ほどの距離にある久留米公園。野球場ほどの広さのあるその敷地内には、地元の子供たちに人気の小規模の博物館があった。色とりどりの熱帯魚が泳ぐ巨大な水槽や、多くの動物の剝製《はくせい》、この地域から発掘された土器などが展示されているその博物館のシンボルが、ティラノサウルスの全身骨格のレプリカだ。

　この博物館が全面リニューアルオープンする際、目玉として用意された巨大な恐竜の骨格標本。それが動き出し、人を襲ったとしか思えない事件が一年ほど前にあった。それを鷹央、僕、そして鴻ノ池の三人で解き明かしたことがある。それ以来、僕たちがこの施設を利用する際、色々と融通が利《き》くようになっていた。今夜も、すでに施設利用時間は過ぎているのに、こころよくこの会議室を利用させてくれている。

「いや、お芝居って、僕は法律の知識はほとんどないですよ。それに、鴻ノ池が秘書っていうのはかなり無理があるんじゃ。恰好《かっこう》からして完全に間違っているし」

僕はにこにこと微笑《ほほえ》んでいる鴻ノ池を見る。その引き締まった体は、いまはなぜかクラシカルなメイド服に包まれていた。部屋の隅にあるデスクには、本格的なコーヒーミル、ドリッパー、紙フィルター、コーヒーポットなど、本格的なドリップコーヒーを作るための器具が並んでいた。焙煎《ばいせん》済みの珈琲《コーヒー》豆の香りがかすかに漂ってくる。

「えー、なんですか？　似合っているでしょ」

鴻ノ池は、膨らんだスカートを両手でつまむと、軽く膝を曲げて一礼する。

「いや、まあ、外見的には似合っているけど、中身がなあ……。お前がメイドって」

「……私の中身がなにか？」

鴻ノ池の目がすっと細くなる。危険を感じた僕は、慌てて話題を変える。

「そもそも、お前は秘書っていう設定だろ。どこにメイド服を着た秘書がいるんだよ」

「でも、鷹央先生が、今日の私の仕事は美味《おい》しいコーヒーを淹《い》れることだって言っていましたから。やっぱり、コーヒーを淹れるなら、メイド服が良いじゃないですか。いえ、できる女秘書って感じの、タイトなスーツとかにも惹《ひ》かれたんですけど、やっぱり一度この服を着てみたかったんですよね」

たんなるコスプレじゃないか。僕は強い脱力感をおぼえる。

「で、結局これから何がはじまるんですか？　芝居するなら、最低限の情報を教えておいてくださいよ。そうじゃないと、すぐにぼろが出ますよ」

疲労をおぼえながら訊《たず》ねると、鷹央は「交渉だ」と高らかに言う。

「交渉、ですか？」

「そうだ。今夜私は、叔父貴の代理として、天医会総合病院を代表して交渉に臨む。うちの病院を脅している恐喝犯とな」

「恐喝犯!?」

僕と鴻ノ池の声が重なった。

「なにを驚いているんだ？　昨日、弁護士の磯崎と叔父貴が話しているのを聞いただろ」

鴻ノ池の「私、聞いてませんけど……」という小声の反論を黙殺し、鷹央はしゃべり続ける。

「こっちに非がないのに、金銭的な要求をしてきていると磯崎がほのめかしていた。そして、叔父貴は病院の名誉を守るために金を払おうとしていた。どう考えても恐喝だろ」

「いえ、なんというか、こっちに非がない医療事故とかで遺族ともめているのかな、とか思っていましたが……」

医療というのは不確実性を孕んだものだ。ミスなど一切無くても、不幸な顛末《てんまつ》を辿《たど》る症例は少なくない。そして、理不尽な現実に対するやりきれない思いが怒りへと変化し、医療従事者に向かうこともある。

「医療事故か……。まあ、たしかに大きな意味では医療事故とも言えるな」

「トラブルの内容について、院長先生から聞いたんですか？」

「叔父貴から？　なんでそんなことをするんだ？」

「なんでって……」

僕は意味が分からず言葉に詰まる。どうしてトラブルの内容を聞かないで、それを解決することができるというのだろう。

「昨夜、叔父貴たちの話を聞いた瞬間、私の頭の中ですべてが繋《つな》がった。どうやれば、丸く収められるかもな。全部が解決できるうえ、叔父貴に恩を売って、うちの予算をぶん取ることができる。まさに棚からぼた餅《もち》だ。この千載一遇のチャンスを逃す手はなかった」

状況が理解できていない僕は「はあ」と、曖昧《あいまい》に頷《うなず》く。

「鷹央先生が何故か今回のトラブルを解決できるってことは分かりました。けど、殺人事件のことを放っておいて、こんなことをしている場合なんですか？」

「は？　なに言ってんだ、お前？」

心から不思議そうに、鷹央はまばたきをくり返した。

「ですから、殺人事件を放っておいて、恐喝事件の方を……」

「もしかして、お前。その二つの事件が別々のものだと思っているのか？」

鷹央のセリフに驚き、僕は目を見開く。

「二つが関係しているんですか⁉」

「当たり前だろ。昨日、磯崎が言っていたことを思い出せよ。恐喝がはじまったのは二週間前だぞ。二週間前、いったいなにがあった」

「二週間前……」

記憶をたどりはじめた僕は、すぐに大きく息を呑《の》む。

「志田篤人さんの拉致《らち》事件！」

「そうだ。志田篤人が拉致され、その体に移植されていた神宮寺由佳の腎臓《じんぞう》が奪われた。だからこそ、うちの病院への恐喝がはじまったんだ」

「ま、待ってください。どうして志田篤人さんの腎臓が奪われたら、うちの病院が恐喝されないといけないんですか？　二つの事件はどうつながっているんですか？」

混乱した僕は早口で訊ねる。見ると、メイド服の鴻ノ池も唖然《あぜん》として口を半開きにしている。

「なんだ、まだ分からないのか？」

鷹央は呆《あき》れ声で言う。

「足を挫いた外科医、極めて珍しいＨＬＡ、様々な障害を持っていたレシピエント、違法臓器移植にかかわっていたと思われる反社会組織、そして娘の臓器提供に強く反対していたのに、ある時期を境に急に受け入れたドナーの母親。それらの多くのヒントが、闇に沈んでいた唯一《ゆいいつ》の真実を照らし出しているじゃないか」

鷹央が口にしたのは、全て僕も知っている情報だ。しかし、それらからどうやって今回の事件の真相が導かれるのか全く分からない。

ただ、これだけは僕でも気づくことができた。心臓の鼓動が加速していくのを感じながら、僕は口を開く。

「鷹央先生。もしかして、これからこの部屋にやってくる人物が、神宮寺由佳さんの腎臓を奪うためにコーディネーターを襲い、そして志田篤人さんを拉致して殺害した犯人なんですか？」

「ああ、その通りだ」

鷹央は唇の端を上げると、もったいつけるように一拍おいてから答えた。

部屋の空気がざわりと揺れる。鴻ノ池の口から「ええっ⁉」という驚きの声が漏れた。

「ただ、まだ私たちは決定的な証拠を握ってはいない。そいつを臓器強奪犯、そして殺人犯として逮捕するためには、これからの『芝居』がなによりも大切だ」

「芝居が大切って、僕は弁護士のふりをして、犯人からなにを聞き出せばいいんですか？」

そんな重要な役を演じるとは思っていなかった。緊張し、前のめりになる僕に向かって、鷹央はぱたぱたと手を振った。

「なにも聞き出す必要なんてない」

「はぁ？」

呆《ほう》けた声が口から漏れる。

「お前は弁護士のふりをして、できるだけ話を引き延ばすだけでいい。今回の芝居で最も重要なのは舞だ」

「私ですか!?」

甲高い声を上げて鴻ノ池は自分を指さす。鷹央は「そうだ」と大きく頷いた。

「わ、分かりました。頑張ります。それで、私はなにをすればいいんですか？」

メイド服のスカートを強く摑《つか》み、鴻ノ池は表情をこわばらせながら訊ねる。

「うまいコーヒーを淹れてくれ」

「……はい？」

「だから、できるだけうまいコーヒーを淹れるんだ。それが作戦の成否を左右する」

「は、はぁ……」

拍子抜けした様子で、鴻ノ池が曖昧に頷いた。

「あの、ちょっと手洗いに行ってきます。緊張して」

僕が会議室についている個室のトイレに向かおうとすると、鷹央がスーツの後ろ襟を掴んできた。

「もうすぐ時間だ。我慢しろ」

「いや、我慢って、これから時間を稼がないといけないんでしょ。それなら……」

僕が抗議をはじめたとき、かすかに足音が響いてきた。全身の筋肉が硬直する。

犯人がやって来る。神宮寺由佳の腎臓を奪い、志田篤人を殺した犯人が。

口腔《こうくう》内から急速に水分が引いていく。扉が勢いよく開かれ、三人の男が大股《おおまた》に部屋に入って来た。先頭に立つ男を見て、僕は目を見開く。その人物に見覚えがあった。

「待たせたな。それじゃあ、はじめようか」

グラスに薄い青色の入った眼鏡をかけた壮年の男。先月、天医会総合病院で強奪された神宮寺由佳の腎臓を移植される予定だったレシピエント、中条一太《なかじょういちた》は不敵な笑みを浮かべた。

「ですから、さっきから何度も説明していますように、天医会総合病院はドナーである神宮寺由佳さんが死亡した時点で、臓器移植に対する一切の責任がなくなっています。

その後は、日本臓器移植ネットワークと臓器摘出チームが全責任を負うことになっているんです。それが法律的な解釈です」

こんな説明でいいんだろうか？　法律には全然詳しくないので分からない。

僕は長机の〝島〟を挟んだ向かい側のパイプ椅子に腰かけ、足を組んでいる中条の反応を待つ。その後ろには体格の良い若い男が二人、立っていた。

おそらくは護衛なのだろう。一人はTシャツの袖《そで》から覗《のぞ》く太い腕にタトゥーを彫っており、もう一人は髪を派手な金色に染め上げている。光沢のあるブラックスーツを着て、わずかに白髪が混じってグレーに見える髪を整髪料でオールバックにしている中条を合わせた三人とも、その全身から反社会的な雰囲気を匂《にお》い立つほどに醸《かも》し出していた。

先月、大鷲に縋《すが》りつくようにして叫んでいた男とは、まるで別人だ。

たしかに、この男たちが闇金をはじめとする違法な商売に手を染めていたとしても、まったく不思議ではない。けれど、コーディネーターを襲って腎臓を盗んだ犯人というのはおかしいのではないだろうか？

あの腎臓強奪事件があったせいで、中条は移植を受けるチャンスを失ったのだ。大鷲に詰め寄ったときの嘆きが演技だったとは思えないし、そもそもなんらかの理由で移植を受けたくないなら、ただ拒絶をすればいいだけだ。そうすれば、移植用の臓器は他のレシピエントの元に送られる。

コーディネーターを襲撃してまで、自分に移植されるはずだった腎臓を奪う必要が、中条にあるとはとても思えない。

僕は必死に思考を巡らせる。すでに『話し合い』がはじまって三十分以上が経《た》っていた。この部屋に入ってくるなり、勢いよくパイプ椅子に腰かけた中条はまず、「さて、どう補償してくれるのか教えてくれるかな」と威圧的に交渉の火ぶたを切っていた。

この男、完全にこの手の交渉に慣れてるよな。僕は細く息を吐きながら中条を眺める。ここまで「補償してくれ」「誠意が欲しい」などとは口にするが、一度たりとも直接金銭の要求をしていない。それをすれば恐喝で犯罪になるのが分かっているのだろう。

「高橋《たかはし》さん……、だったかな？」

中条は、僕が名乗った偽名を口にする。

「俺はあんたと違って弁護士でもなんでもないからさ、法律的なことはよく分かんねえんだよ。たださ、あの病院で腎臓が盗まれたせいで、俺は移植を受けられなかった。それは分かってくれるよな」

「……分かります」

警戒しつつ、僕は頷く。

「透析ってやつはさ、すげえつらいんだよ。週に三回も、四時間以上ベッドに縛り付けられるんだぞ。しかも、穴から向こう側が見えそうなくらい太い針で腕を刺されて、全身の血液を抜かれるんだ。それをしないと死んじまう。俺はもう二十年以上、そんな生活を送っているんだよ」

「はい……」

僕が小さな声で答えると、中条はいきなり机を平手で強く叩《たた》いた。破裂するような音が鼓膜を揺らし、思わず体がこわばってしまう。

「なあ！　もっとデカい声で聞こえるように話してくれねえかな。俺は、あんまり耳がよくねえんだよ！」

「す、すみません」

僕は慌てて謝罪する。完全に相手のペースにはまってしまっている。この流れはよくない。

どうやってこの状況を打開するか僕が考えていると、「失礼します」という穏やかな声が響いた。

メイド服姿の鴻ノ池が、中条の前に置かれている空になったコーヒーカップを回収し、代わりに新しく淹れたてのコーヒーの入ったカップを置く。芳醇《ほうじゅん》で深みのある香りがここまで漂ってくる。

「コーヒーのお代わりをお持ちいたしました」

普段からは考えられない淑《しと》やかな態度で、鴻ノ池は微笑む。毒気を抜かれたのか、中条は「お、おお、ありがとよ」とカップを手にすると、うまそうにコーヒーをすすった。

一礼した鴻ノ池が離れようとすると、タトゥーの男が下卑た笑みを浮かべながらメイド服の臀部《でんぶ》を触った。その瞬間、鴻ノ池は垂れ気味の目を三角にして、腰を落として男の手首を摑む。淑やかなメイドの仮面が一気にはがれた。

「舞！」

鷹央が慌てて声を上げる。完全に男の関節を捻《ひね》り上げる体勢になっていた鴻ノ池の動きが止まり、下唇を突き出してこちらを見る。

「少しの間だけ我慢してくれ」

固い声で鷹央が頼むと、鴻ノ池は数瞬、逡巡《しゅんじゅん》したあと、男の手を放してその場から離れていった。

「そんなに怒るなよな、メイドさん」

タトゥーの男がからかうように言い、金髪の男が口笛を吹いた。

「……あいつら、おぼえてろ」

僕の後ろに立った鴻ノ池が、地の底から響くような声で言う。僕が怯《おび》えていると、コーヒーカップをソーサーに戻した中条が、「さて」と声を上げた。

「話を戻そうか。弁護士先生よ、あんたは法的には病院に責任はないって主張しているな。たしかに、法的にはそうなのかもしれない。けどな、道義的責任ってやつはどうなんだよ」

「道義的責任とおっしゃいますと？」

「あの病院の警備員がもっとしっかりしていれば、俺に移植されるはずだった腎臓が盗まれたりはしなかったんじゃねえか？」

「それはさすがに……」

「さすがになんだって言うんだよ！」

再び、中条は怒鳴る。

「俺が金のためにいちゃもんつけているとでも思うのか？　俺はな、ただ健康な体が欲しかったんだよ。それなのに、あの病院の警備がざるだったせいで、俺はこれからも週に三回もベッドで針を刺されるっていう拷問《ごうもん》のような生活を続けないといけない。俺の体はもうぼろぼろだ。いつ合併症で死んでもおかしくない。なのに、お前らは自分たちには法的な責任がないってほっ被《かむ》りして、俺をゴミみたいに見捨てるのか」

「いえ、そんなつもりは……」

なんと言えばいいのか分からず、僕は口ごもってしまう。

「オーケー、分かったよ。お前らがその気なら、こっちにも考えがある」

中条はカップに残っていたコーヒーをあおるように飲むと、席を立った。

「お前たちが哀れな被害者である俺をどんなふうに扱ったのか、しっかりと公表してやる。マスコミが駆け付けるかもな。場合によっては人権団体が抗議に押し掛けるかもな。けどな、それもこれも、全部お前らの身から出た錆《さび》だ。お前らがまったく誠意を見せないからこうなったんだ」

　中条はあごをしゃくって後ろに立っていた男たちを促すと、出入り口の扉のノブを摑んだ。

　僕の『弁護士』としての役目は、時間を稼ぐことだ。ここで中条を帰すわけにはいかない。僕が「待ってください」と腰を上げかけたとき、それを搔《か》き消すように、ずっと黙っていた鷹央が声を上げた。

「ちょっと待て。そう焦るなって」

　ノブを摑んだまま、中条が振り返る。

「なんだい、お嬢ちゃん？」

　鷹央は「お嬢ちゃん？」と顔をしかめるが、一度大きく深呼吸をしたあと、気を取り直すように話をはじめる。

「誠意を見せるというのは、具体的にはなにを指しているんだ？」

「さあな。それはそっちが考えることだろ。弁護士先生は、自分たちには責任がないって言い張っているが、あんたは違うのかい。たしか、副院長なんだっけ？」

　少しだけ自信なさげに中条は確認する。最初に僕が鷹央を紹介したのだが、高校生にしか見えない童顔の鷹央と、総合病院の副院長というイメージがうまく結びつかなかったのだろう。

「弁護士はあくまで法的なアドバイスをするだけの存在だ。どう対処するかの最終決定は、私に任されている」

「つまり、あんたが『誠意』を見せてくれるってわけか。で、どんな『誠意』を考えているのかな？」

「こういうときには、金だろ。それ以上に、確実な『誠意』を見せる方法はないはずだ」

　中条の薄い唇が緩んでいく。

「副院長先生、あんた外見に似合わず、世の中のことが分かっているな」

「被害者に補償をするのは当然のことだ。お前が被害者なら、うちができる最大限の『誠意』を見せよう。さて、ここからはその金額の交渉になるかな。ゆっくり話し合うとしようか。お互いが納得いくまでな」

　中条は満足げに「ああ、そうだな」と頷くと、部屋を見回しはじめた。

「ん？　どうした？」

　鷹央が小首をかしげる。

「交渉の前に、ちょっと用を足させてくれ。どうも腹の具合がいまいちで」

「ああ、それなら、そこの手洗いを使ってくれ。個室になっているから」

鷹央は部屋の奥にある扉を指さした。

「悪いな、副院長先生。ちょっと待っていてくれよ」

中条が早足でトイレに向かう。その姿が扉の向こう側に消えると、僕は鷹央に小声で囁《ささや》いた。

「いいんですか、そんなこと約束して。そもそも、あの男が犯人なんですよね。時間稼いでなにをするつもりなんですか？　いまからなにが起こるんですか？」

鷹央は「まあ、見ておけって」といたずらっぽく微笑んだ。

トイレの扉は開き、すっきりした表情の中条が出てきて、向かいの席に座る。

「待たせたな、副院長先生。それじゃあ、さっそく……」

交渉に入ろうとした中条を無視して立ち上がった鷹央は、小走りでいま中条が出てきたトイレの扉へと近づいていく。

「なんだ、先生ももよおしていたのかよ。オーケー、待っているから出すもの出してきな」

勢いよく扉を開いた鷹央の背中に、中条は上機嫌に声をかける。しかし、鷹央はトイレに入ることなく、細かく肩を震わせはじめた。

どうしたんだ？　僕がいぶかっていると、唐突に鷹央は大きな声で笑いはじめた。トイレを覗き込みながら、哄笑《こうしょう》している鷹央を、僕たちは唖然として見つめる。

「……なに笑っているんだ？　便所を使わないなら、さっさとこっちに戻って交渉をはじめるぞ！」

苛立《いらだ》たしげに中条が声を荒らげる。ひとしきり笑い終えた鷹央が振り返った。

「決裂だ」

「ああ？」

「だから、交渉は決裂だって言ったんだ」

「ふざけるな！　まだはじまってもいないんだぞ！　さっきお前が言ったんだろ、『補償する』ってな」

「いやいや、それは違うぞ」

鷹央は左手の人差し指を立てると、メトロノームのように左右に振った。

「私はこう言ったんだ。『被害者なら補償する』ってな。ただ、お前は腎移植を受けられなかった『被害者』ではない」

鷹央は扉を全開にする。

「お前は『加害者』だ！」

個室に置かれた洋式トイレが露《あら》わになる。便座の上がった洋式トイレが。

「なあ、『腹の調子が悪い』とトイレに行ったはずなのに、なぜ便座が上がっているんだ？　便座をあげるのは、男が小便をするときだけのはずだ。どうして、腎不全で尿が全く作れないはずのお前が使ったトイレが、こんな状態なんだ？」

怒りで紅潮していた中条の顔から一気に血の気が引いていく。震える唇の隙間《すきま》から、釈明の言葉が出てくることはなかった。

「答えは簡単だな。お前はもう、腎不全患者じゃないからだ」

言葉を切った鷹央は、ショーの開演を告げるかのように、大きく両手を開いて高らかに告げた。

「二週間前、お前は腎臓を移植したんだ。志田篤人を殺して奪った、神宮寺由佳の腎臓をな」

「由佳さんの腎臓を……」

鷹央の告発を聞いた僕は、呆然《ぼうぜん》とつぶやく。

「なにを驚いているんだ？」

鷹央は僕たちの方に戻ってきつつ、固まっている中条たちを指さす。

「うちの病院を恐喝する手慣れた手口からしても、この男たちは明らかに反社会組織の構成員だ。どんな犯罪に手を染めていてもおかしくない。たとえば……闇金《やみきん》とかな」

鷹央はシニカルに唇の端を上げた。動揺が走った中条の表情が、鷹央の指摘が正解であることを如実《にょじつ》に物語る。

「じゃあ、殿村が金を借りていた闇金って、この人たちなんですか？」

鴻ノ池が甲高い声を上げた。

「そうだ。殿村を通じて、こいつらと水上京之介は繋がった。そして、水上京之介は自らの手で孫の心臓を取り戻したあと、大金を出してこの男たちに、肝臓と肺の強奪を依頼したんだ。こいつらはそれを実行した。それが、水上京之介が孫のために行った最初の三件の臓器強奪事件の真相だ」

「じゃあ、神宮寺由佳さんの腎臓については……」

混乱しつつ僕が訊ねると、鷹央は指を鳴らした。

「そう、まったく別の事件だったのさ。そこの中条自身が、腎臓移植を受けるためのな。この男は、金を返せなくなった債権者を拉致し、おそらくは違法臓器移植のドナーとして海外に売り飛ばしている。そんなツテがあれば、違法に移植手術を執刀してくれる外科医などを手配することも十分に可能だっただろう。そして二週間前、この男は志田篤人を拉致し、その体から神宮寺由佳の腎臓を奪い取って、自分に移植させたんだ。だからこそ、こいつはさっき小便ができたんだよ」

鷹央は中条を見つめながら、挑発的に微笑んだ。

「水分制限を気にせず飲めるコーヒーは美味《うま》かっただろ。ただな、コーヒーには利尿作用があり、さらにお前の長年使用されていなかった膀胱《ぼうこう》は容量が小さくなっている。ある程度時間を稼げば、我慢できずに手洗いに行かざるをえなくなる。お前は私の罠《わな》にはまったんだよ」

だから小芝居で時間を稼ぎつつ、鴻ノ池に美味いコーヒーを淹れるように指示をしていたのか。鷹央の『罠』は理解できた。しかし、それでもまだまだ分からないことだらけだ。

「反社会的人物であることが明らかになれば、日本臓器移植ネットワークの移植待機リストから外される可能性が高い。だから、先月にうちの病院で腎臓が盗まれた際も、お前は抗議にはきたが、脅すようなことはしなかった。しかし、志田篤人から腎臓を奪い、リストから除外されても何の問題もなくなったお前は、うちの病院を恐喝することができるようになったんだ。だが、それが藪蛇《やぶへび》だった。おかげで私が真相に気づいたんだからな」

鷹央はくっくっと忍び笑いを漏らした。

「でも、なんでこの男は、志田篤人さんに神宮寺由佳さんの腎臓が移植されたって分かったんですか？　レシピエントの情報は極秘扱いです。ドナーの家族にすら教えられないんですよ」

「それは簡単だ。この男が、志田篤人の父親だからだよ」

「父親⁉」

僕は目を剝《む》く。メイド服の鴻ノ池も、「ええっ⁉」と甲高い声を上げた。

「おいおい、それくらいのことも気づいてなかったのか？　桜井から聞いただろ。志田篤人の父親は、様々な違法行為にも手を染めていたチンピラで、本名もはっきりせず、そして激しいＤＶを行っていたと。まさにそこに座っている下衆《げす》の若いときの姿そのものだろ」

「じゃあ、もともと志田篤人さんの情報を持っていたんですか？」

「そうだろうな。逃げた後もストーカーまがいのことをしていたという話だったが、おそらく志田洋子に未練があったわけではないんだろう。自分の息子ならなにかに利用できると思っていたのかもな」

鷹央はため息をついた。

「そして、その予想は現実のものとなった。日本人としてはきわめて珍しいＨＬＡ型を持っていた神宮寺由佳の腎臓は、この男と志田篤人に移植されることになった。親子や兄弟はかなりのＨＬＡが一致しているからな。そうして、この男は自分に移植可能な腎臓がどこにあるのか知ることができたんだ」

「ま、待ってください」

思考が絡まる頭を僕は押さえる。

「それだけで、その男と志田篤人さんが親子関係だって決めつけるのはさすがに強引じゃないですか？」

「それだけ？　なにを言っているんだ。二人が親子だというもっと決定的な情報があるだろ」

僕が「決定的な情報？」と聞き返すと、鷹央は顔の横でぴょこんと左手の人差し指を立てた。

「そうだ。志田篤人は二十歳になる前に末期の腎不全となっただけでなく、目や耳にも障害があったということだった。そして、中条も二十年以上も透析治療を受けているということは、二十代で腎機能を失ったということだ。あと、さっきこの男は、小鳥に『俺は耳が不自由なんだよ！』と怒鳴った。自分から大声で難聴であることを告白してくれたんだ」

中条の口から「うっ……」といううめき声が漏れる。鷹央は「さらに」と中条の目元を指さした。

「この男はいつも色付きの眼鏡をかけている。こんな屋内でもな。つまり、こいつの目は光に過敏なんだよ。白内障の手術などを受けた患者に起こりやすい現象だ」

「白内障……。この齢《とし》で……」

僕はつぶやきながら、険しい表情で黙り込んでいる中条を見つめる。バラバラだったピースが、頭の中でじわじわと組み合わさっていく感覚をおぼえていた。

「二十歳前後での腎不全、そして目と耳の障害。志田篤人とこの男は、ほとんど同じ症状を呈しているんだ」

鷹央が僕たちに流し目をくれる。

「遺伝性疾患……」

鴻ノ池がぼそりとつぶやく。鷹央は満足げにあごを引いた。

「腎不全、聴力と視覚障害をきたす遺伝性疾患といえば、なんだ？」

頭の中に、一つの疾患の名前が浮かび上がってくる。

「アルポート症候群！」

僕と鴻ノ池の声が重なる。中条の体が大きく震えた。

「ザッツライト！」

鷹央が指を鳴らす。

「アルポート症候群にはいくつかの型がある。もっとも多いのは性遺伝子であるX鎖に異常があるものだ。だが、この場合Y鎖を受け継ぐ男児には遺伝しない。志田篤人にも症状が出ているということは、比較的珍しい常染色体顕性遺伝のタイプなんだろうな。この遺伝子を持った患者は腎臓の糸球体などに存在するⅣ型コラーゲンに異常が生じて、腎不全や難聴、視覚障害を発症する。特に……」

鷹央がアルポート症候群についての説明をしているのを聞きながら、僕は明らかになった事実を頭の中で整理していく。

中条一太と志田篤人が親子であり、そしてアルポート症候群であったというのはたしかなのだろう。しかし、まだまだ分からないことがある。

「でも、なんでこの男はコーディネーターを襲わせて、自分に移植されるはずの腎臓を盗んだりしたんですか？　そんなことをしなければ、自分も合法的に神宮寺由佳さんの腎臓を移植できたのに」

「こいつは間違えたんだよ」

鷹央は小馬鹿にするように鼻を鳴らす。意味が分からず、僕は「間違えた？」と首をひねる。

「そうだ。この男は自分ではなく、志田篤人に移植されるはずの腎臓を強奪しようとしていた。腎臓をその場で処分せず、わざわざ持ち帰ったのは、水上京之介の事件と似せて、捜査を混乱させるためだな。場合によっては、水上京之介に罪を擦《なす》り付けるつもりだったのかもな。しかし、予期せぬアクシデントが起きてその計画は大失敗したんだ」

「アクシデントって、なんですか？」

鴻ノ池が訊ねると、鷹央は左手の人差し指を軽く振った。

「外科医が零《こぼ》れたジュースで滑って、足を挫いたことだ」

「え、あの件ですか？」

僕は昨夜、警備員から聞いた話を思い出す。

「それとどんな関係が？」

鴻ノ池が眉《まゆ》をひそめた。

「その外科医は、この男に移植する腎臓を搬送し、そのまま移植手術に参加する予定だった。つまり、この男の主治医、もしくはそれに準じる人物だったと考えられる。しかし、足を挫いたことにより搬送役は困難になった。摘出された臓器はできるだけ早く、レシピエントの元に運ばれなくてはならないからな」

「だから、急遽、コーディネーターが呼ばれて臓器の搬送をすることになった……。そして、そのコーディネーターが襲撃された……」

僕はこめかみに手を当てる。頭の中にかかっていた霞《かすみ》が晴れていき、その奥に隠れていた真実の輪郭が露わになってきたような感覚があった。

「そうだ。この男は自分に移植される腎臓でなく、志田篤人に移植されるもう一つの腎臓を奪い、処分する予定だったんだ。そして、襲撃犯は間違って襲撃しないように、搬送役の外科医の顔を教えられていた」

「けれど、アクシデントで代わりのコーディネーターが中条用の腎臓を搬送することになった。襲撃犯はそのコーディネーターが運んでいるのが、志田篤人さん用の腎臓だと思い、襲い掛かって奪い、殿村に渡して処分させてしまった……」

僕は呆然と、明らかになってきた真相をつぶやく。

「ああ、結果的にこの男の移植は中止になり、志田篤人は予定通り神宮寺由佳の腎臓を受け取ることができたんだ」

「じゃあ、殿村が殺されたのって……」

僕は声をひそめる。

「もちろん、私の推理によって殿村まで捜査の手が伸びてきたので、口封じの意味もあったんだろう。けれどそれ以上に、臓器の搬送者が変わっているという情報を渡さなかった殿村への、制裁の意味合いの方が強かったんじゃないか。まあ、葬儀の担当者でしかなかった殿村が、搬送者の交代なんて知る由《よし》もなかったから、たんなる八つ当たりでしかないけどな」

敵意に満ちた眼差しでこちらを睨《にら》みつけてくる中条たちに一瞥《いちべつ》をくれると、鷹央は鼻を鳴らす。

事件の全容はほぼ見えた。ただ、まだ一つだけ分からないことがある。

「でも、どうしてそこまでして、志田篤人さんの移植を止めようとしたんですか」

鴻ノ池がこめかみに手を当てる。それはまさに、僕の頭に浮かんでいたことだった。

「この男はどんな手段を使っても、神宮寺由佳の腎臓をこの世から消し去りたかったんだよ。自分に移植されるもの以外はな」

「どうしてですか？　どうして神宮寺由佳さんの腎臓に、そんなにこだわるんですか？　他人なのに」

鴻ノ池の眉間《みけん》のしわが深くなる。

「他人じゃないからさ」

鷹央はあごを引くと、上目遣いに中条に視線を送る。中条は露骨に頬を引きつらせた。

「他人じゃないって、どういうことですか!?」

僕が勢い込んで訊ねると、鷹央は左手の人差し指をまっすぐ中条に向けた。

「この男は、神宮寺由佳の実の父親だ」

一瞬、なにを言われたか分からず、僕は口を半開きにして固まってしまう。やがて、鷹央の言葉の意味が脳に浸透してくるにつれ、目が大きく開いていく。

「父親!?　この男が神宮寺由佳さんの実の父親!?」

「ああ、そうだ」

「じゃあ、神宮寺岳彦《たけひこ》さんは……」

「妻とこの男に騙《だま》され、血の繋がっていない子供を一人娘だと思って愛し、大切に育てていたんだ」

「本当に、そんなことが……」

衝撃的な情報に脳細胞がショートし、僕はそれ以上、言葉が継げなくなる。ふと見ると、鴻ノ池も口を半開きにして、呆けた表情を晒《さら》していた。

「志田篤人の母親である洋子は二十数年前、ホステスとして働いていた時代に中条と関係をもった。そして同じ時期、神宮寺岳彦は妊娠したホステスである春枝を後妻として娶《めと》っている。中条、洋子、春枝の三人は同時期、夜の街にいたんだよ。おそらく、神宮寺春枝は中条の愛人だったんだろうな」

「ということは、愛人を神宮寺岳彦さんに近づけ、そのうえで自分の子供を妊娠させたんですか？」

「だろうな。神宮寺岳彦は大富豪だ。自分の愛人が後妻におさまれば、莫大《ばくだい》な遺産を相続させ、それを奪いとることができる。しかし、たんに近付けるだけでは後妻にすることは難しい。だからこそ、中条は愛人に自らの子供を妊娠させ、それを神宮寺岳彦に自分の子供だと思い込ませたんだ」

「ひどい……」

つぶやいた鴻ノ池の口調には、女性を道具のように使うことに対する嫌悪《けんお》感と怒りが滲《にじ》んでいた。

鷹央は「ああ、ひどいな」と相槌《あいづち》を打つと、説明を続ける。

「妻に先立たれ、そして子供もいなかった神宮寺岳彦は、春枝と籍を入れたんだろうな。

まさか、それが自分の子供でないとは思わず」

「けど、志田洋子と神宮寺春枝が同じ時期にホステスをしていたというだけで、中条が神宮寺由佳さんの父親だというのは、さすがに飛躍しすぎなんじゃ……」

僕の指摘に、鷹央は左手の人差し指を左右に振った。

「それだけじゃない。状況証拠はまだある。中条は極めて珍しいタイプのＨＬＡを持っている。そして、神宮寺由佳もそうだった。だからこそ、中条は腎移植のレシピエントに選ばれたんだ。親子ならＨＬＡは半分は一致するからな。それに、最初は断固、娘の臓器提供に反対していた神宮寺春枝が、あるときを境に提供を受け入れた。それは、中条がレシピエントの候補になったからだ。神宮寺春枝は二十年以上、ずっとこの男の支配下にいたんだよ」

「じゃあ、神宮寺由佳さんの腎臓を奪おうとしたのは……」

僕が震える声で言うと、鷹央は大きく頷いた。

「神宮寺由佳が神宮寺岳彦の娘ではないと気づかせないためだ」

「けど、腎臓が誰かに移植されたからって、臓器のＤＮＡを調べるわけじゃないし、親子関係の有無なんて分からないんじゃないですか？」

「分かるかもしれないと、この男は考えた。なぜなら、この男は娘である神宮寺由佳もアルポート症候群だと考えていたからだ」

不意を突かれ、僕は「あっ！」と声を上げる。

「そう、一般的なアルポート症候群はX鎖に異常があるので、娘には百パーセント遺伝する。しかし男とは違い、女の場合、症状はかなりゆっくりと進んでいく。腎不全になるのは早くても四十代、一生腎機能が保たれるケースも少なくない。ただ、腎機能は低下しなくても、血尿などの症状は若いうちから生じることが多い。さて、そんなアルポート症候群の女がドナーとなり、腎臓が他人に移植されたらどうなる？」

鷹央は横目で僕を見る。

「腎移植後は腎臓の状態を綿密にチェックします。もし血尿が続いていたりしたら、たとえ腎機能が落ちていなくても拒絶反応を起こしている可能性を考え、腎生検をするかもしれません」

「ああ、そうだな。腎生検でしっかり調べれば、ドナーがアルポート症候群だったと診断される可能性が高い。アルポート症候群は基本的に遺伝性疾患だ。神宮寺由佳が自分の娘ではないと、神宮寺岳彦に気づかれてしまう。そうなったら、せっかく二十年以上かけた、神宮寺家の莫大な財産を奪い取る計画が破綻《はたん》してしまう」

「ということは……」

僕は拳《こぶし》を握りこんで中条を睨みつける。

「この男は金のため、そして自分が移植を受けるために、息子を殺したということですか？」

「そうだ。息子である志田篤人から腎臓を奪って殺害し、そして自分に移植する。自分は透析が必要な生活から解放され、神宮寺岳彦と由佳が親子ではないという証拠を消し去る。まさに一石二鳥だと思ったんだろうな」

鷹央はそこで言葉を切ると、中条を見ながら小馬鹿にするように鼻を鳴らした。

「うまくやったつもりだったんだろうな。けどな、お前の計画は最初の最初から、根本的に間違っているんだよ。馬鹿の考え休むに似たりと言うが、お前ほどの馬鹿野郎だと、多くの者を不幸にするんだな。自分の脳の軽さと、小遣い稼ぎにうちの病院を恐喝した慢心を、塀の中で後悔しろ、この阿呆が！」

罵《ば》倒《とう》された中条の顔がみるみる紅潮していく。

「俺が馬鹿だと！」

「ああ、救いようのない馬鹿野郎さ。まったく筋違いの理由で、娘の腎臓を奪い、そして息子を殺したんだからな」

「筋違い……？」

中条の鼻の付け根にしわが寄った。

「よく聞けよ。神宮寺由佳は、お前の娘は、アルポート症候群ではなかったんだ」

中条の双眸が、目尻が裂けそうなほどに大きく見開かれる。

「でも、父親がアルポート症候群なら、娘には百パーセント、疾患が遺伝するんじゃ……？」

　メイド姿の鴻ノ池が額に手を当てた。

「それは性遺伝子であるX鎖に異常がある場合だな。しかし、さっきも説明したようにX鎖を受け継いでいない息子もアルポート症候群を発病していることから、この男のタイプはX鎖の伴性遺伝ではなく、珍しい常染色体の顕性遺伝だ。この場合、男女関係なく子供は五十パーセントの確率でアルポート症候群になり、そして原因となる遺伝子を受け継いだ場合は男女差なく若くして症状が進行する」

　鷹央は大きく舌を鳴らすと、炎にあぶられた蠟《ろう》のように表情を歪《ゆが》める中条に、刃物のような鋭い視線を注ぐ。

「お前は中途半端にアルポート症候群の知識を入れた結果、多くの人々を不幸にした。最低の人殺し、生命《いのち》の略奪者だ。これまでの人生、お前は他人を傷つけ、殺し、その生き血を啜《すす》って生きてきた。無知蒙昧《もうまい》な自分を恥じながら、一生塀の中で過ごすか、もしくは吊《つ》られることで、その罪を償え」

　中条はここまで軋《きし》む音が聞こえるほどに強く歯を食いしばると、俯《うつむ》いた。その肩が細かく震えはじめる。

　絶望して泣いている？　僕が鼻の付け根にしわを寄せたとき、中条は勢いよく顔を上げた。そこには歪みに歪んだ、醜い笑みが浮かんでいた。青く着色されたメガネのグラス越しにも、その目が充血しているのが見て取れる。

その口から哄笑が迸《ほとばし》る。獣が威《い》嚇《かく》しているような濁った笑い声をあげる中条を、僕はただ呆然と眺めることしかできなかった。

数十秒、笑い続けたあと、中条は薄い唇の端を限界まで上げながら、大きく口を開く。口が裂けていくようなその姿に、思わず顔をしかめてしまう。

「なに勝ち誇っているんだよ。俺が捕まる？　吊るされる？　なわけねえだろ」

「息子を殺し、娘の腎臓を奪ったことは認めるんだな」

鷹央は淡々と訊ねる。中条は大きく手を振った。

「だったらどうした！　自分の子供をどう扱おうが、親の俺の勝手だ！」

あまりにも身勝手で醜悪な主張。吐き気をおぼえて胸を押さえる僕の前で、中条は唾《つば》を飛ばして叫び続ける。

「いいか、俺がなにをしていようと関係ねえんだよ。最終的に捕まりさえしなけりゃ、俺の勝ちなんだ」

中条は振り返り、背後に立つ二人の男に目配せをする。男たちはかすかに頷くと、長机の〝島〟を左右から回り込むようにして僕たちに近づいてきた。

「副院長先生よ、あんた俺のことを馬鹿にしたが、俺から言わせりゃお前の方が遥《はる》かに馬鹿だよ。こんな簡単なことも予測できなかったんだからな」

「予測？　なんのことだ？」

鷹央はわざとらしく首をひねった。男たちが左右から近づいてくる。僕はかけていた伊達メガネを外すと、ゆっくりと立ち上がり、右側から来た金髪の男と向かい合う。鷹央の背後に控えていた鴻ノ池も、反対側から来たタトゥーの男と対峙《たいじ》する。

「そいつらがたんなるお友達とでも思ってたのか？　交渉ごとでトラブルになる可能性も考えて、兵隊を連れてくるのは俺たちの世界の常識だ。なのに、お前は弁護士とメイドなんて役立たずを連れてきた」

「メイドじゃなくて、秘書です！」

鴻ノ池がどうでもいいところに反応する。一瞬、毒気を抜かれたような表情を晒した中条は、気を取り直すように「とにかく」とかぶりを振る。

「何度も修羅場をくぐって来た俺からみりゃ、お前は甘いんだよ。俺たちがどう反応するかまで頭が回ってねえ。想像力ってやつが欠如してやがる。あの世で、自分の無能を後悔するんだな」

中条があごをしゃくる。男たちがにやにやと笑みを浮かべながら、間合いを詰めてきた。

「本当に馬鹿だな、お前」

鷹央はわざとらしく、大きなため息をつく。

「お前たちみたいなチンピラが追い詰められたら、暴力に頼ろうとするなんて、太陽が東からのぼるくらい当然のことだ。私がそんなことを予想できないとでも思っていたのか。ちゃんと自慢のボディガードたちを用意している」

「ボディガード？　どこにだ？」

中条がせわしなく、視線を彷徨《さまよ》わせる。それに倣《なら》うように二人の男も、部屋を見回しはじめた。

「お前たちの目の前だよ」

鷹央の言葉を合図に、僕は床を蹴《け》った。不意をつかれて固まっている金髪の男との間合いを一気に詰めると、そのみぞおちに思い切り前蹴りを叩き込む。胃がひしゃげる感覚が、革靴を通してつま先に伝わって来た。

両手で腹を押さえ、口から唾液を垂らしながら体をくの字に折った男の頭部を両手で抱え込むように持つと、僕はそのこめかみに膝蹴りを叩き込む。膝頭に衝撃が走るとともに、男の体は糸が切れた操り人形のようにその場に崩れ落ちた。

振り返ると、こちらを見て唖然としているタトゥーの男に向かって、メイド姿の鴻ノ池が前傾になって駆け寄る。

「わ、あああ！」

男は奇声を上げながら慌ててタトゥーの入った太い右腕を振り下ろすが、そんなテレフォンパンチが一流の合気道家に当たるわけもなかった。鴻ノ池は右足を引き、体を一八〇度回転させて半身になって、体捌《たいさば》きで男の拳を避けると、その手首を両手で包み込むように摑む。

体勢を崩している男に柔らかく微笑むと、鴻ノ池は「はっ！」という息吹とともに、今度は左足を引いてさっきとは逆に体を一八〇度回転させつつ、その遠心力で男の手首の関節を決して曲がらない方へと捻った。

手首、肘《ひじ》、肩関節が次々に極まって、その痛みから逃げるように男の巨体が前のめりになっていき、ついには宙を舞い、そして背中から床に叩きつけられる。メイド服のスカートをはためかせながら、華麗に小手返しを決めた鴻ノ池は、背中をしこたま打ってうめいている男の関節を捻ってうつぶせにすると、男の首筋に膝で体重をかけて押さえ込みつつ、両手で抱え込むようにその腕を固定した。

「さっき、私のお尻を触ったのはこの手ですよね。ああいうセクハラをするお手々には、ちょっとお仕置きが必要ですよね」

いまだに三ヶ所の関節を完璧に極められ、ピンでとめられた標本の昆虫のようになっている男は、苦しげにうめくだけだった。

「お、おい、あまりやり過ぎは……」

僕が止める間もなく、鴻ノ池は体を勢いよく捻る。同時に肩関節が外れるぼこっという鈍い音と、男の絶叫が空気を揺らした。

「ああ、すっきりした」

心から満足げな笑顔を浮かべながら鴻ノ池は両手を払う。床に倒れている男の右腕が、本来あり得ない方向を向いているのを見て、僕は顔を引きつらせた。

「ちょっと、やり過ぎじゃ……」

「なに言っているんですか、小鳥先生。この男、無断で乙女のお尻を触ったんですよ。それなら、肩関節くらい安いものじゃないですか。本当なら頸椎《けいつい》を外してもいいくらいです。そう思いませんか⁉」

「さ、さいですね……」

こいつを本気で怒らせないようにしよう……。僕は胸の中で誓いながら、中条を見る。瞬《またた》く間に部下二人を無力化された中条は、口を半開きにしたまま立ち尽くしていた。

「どうだ、私の自慢の部下たちは。お前の部下より、遥かに戦闘力が高いだろ」

鷹央は胸を張ると、自慢げに言う。僕たちは医師としての部下であって、戦闘能力を要求されるような仕事ではないはずなんだけど……。

息を乱しながら、中条はせわしなくスマートフォンをズボンのポケットから取り出すと、どこかに電話をかける。

「お前ら、すぐに来い！　いますぐだ！」

「ん？　誰を呼んだんだ？」

鷹央が訊ねると、中条はしゃっくりのような笑い声をあげた。

「なに調子に乗ってんだ。これくらいで勝ったつもりか？　俺は先を読んで、念には念を入れているんだよ。詰め将棋みたいにな。見ろよ！」

中条は震える指で窓の外をさす。見ると、全面ガラス張りの窓の外に、十数人の男たちが姿を現していた。その全員が、全身から反社会的な雰囲気を醸し出している。

「お前の仲間たちか？」

「ああ、そうだ。お前が得意げに謎解きしている間に、スマホでメッセージを送って集めておいたんだよ。お前らを攫う必要があったからな」

部下たちが瞬く間に倒されたショックから回復したのか、中条は酷薄な笑みを浮かべた。

「なるほどなるほど、いくら私のボディガードたちが優秀でも、この人数を相手するのは厳しいな」

鷹央はこめかみを掻くと、キュロットスカートのポケットからスマートフォンを取り出した。

「それじゃあ、私も援軍を頼むとするか」

「援軍？」

中条が眉根を寄せると、鷹央はシニカルに唇の端を上げた。

「お前ごときが、先読みで私にかなうとでも思っていたのか？」

鷹央はスマートフォンを掲げる。その画面は『通話』の文字が映し出されていた。中条の目が見開かれる。

「お前、誰と回線繋いでやがったんだ！」

鷹央が答える代わりに、雄《お》叫《たけ》びが窓の外から響いた。見ると、二十メートルほど離れた場所にある林から、ずっとそこに潜んで合図を待っていた三十人ほどの刑事たちが一斉に飛び出してきた。

突然の出来事に硬直している中条の仲間たちに刑事たちが襲い掛かり、足を払い、投げ飛ばしては、その手に手錠をかけていく。

次々に逮捕される仲間たちを虚《うつ》ろな瞳で眺めている中条に、鷹央が声をかけた。

「詰め将棋は私の勝ちだな。チェックメイトだ」

「それはチェスでは？」

僕が突っ込むと、鷹央は「細かい奴《やつ》だな」と顔をしかめる。

「あ、ああ、あああ……」

言葉にならない声を上げた中条は、出入り口の扉に駆け寄る。それを開けた瞬間、しわの寄ったコートを着た猫背の中年男が姿を現した。

「なんだ、てめえは！」

中条は上ずった声を上げながら、男に殴りかかる。

次の瞬間、中条の体は竜巻に舞い上げられたかのように宙を舞い、そして床に叩きつけられた。背中を強く打った中条は、ぐふっとうめき声をあげると、天井を見つめたまま動かなくなる。

「いやあ、この齢で担《かつ》ぎ技は腰にきますね」

背負い投げで中条を投げ飛ばした桜井は、会議室に入ってきながら、芝居じみた仕草で腰を叩いた。

「だから、俺に任せておけば良かったんですよ」

桜井の後ろに立っていた成瀬が呆れ声で言う。

「年寄りに花を持たせてくれてもいいじゃないか」

桜井がおどけるのを聞きながら、鷹央は長机の〝島〟を迂回《うかい》して、倒れている中条に近づいていった。僕と鴻ノ池もそれに続く。窓の外では、中条の仲間たちが全員、刑事たちに拘束されていた。

「さて、チェックメイトどころか、王将が取られたような状態だな。なにか言いたいことはあるか？」

歌うように上機嫌に鷹央は言う。

「不当……逮捕だ……」

背中の痛みに耐えているのか、顔を歪め、額に脂汗《あぶらあせ》を浮かべながら中条が声を絞り出した。

「俺が……腎臓を盗んだなんて……証拠はない。俺を……逮捕なんて……できない……」

「おいおい、さっきの会話、全部聞かれたうえに録音されていたんだぞ」

鷹央は呆れ顔になると、桜井がコートのポケットから『天久鷹央先生』と表示されているスマートフォンを取り出し、中条に見せつけるように掲げた。

「そんなの……証拠としては、不十分だ……。俺を逮捕したいなら……、逮捕状を見せろ……」

獣が唸《うな》るような声とともに中条が言う。

「何か勘違いしているようだな。お前は志田篤人の拉致や殺人で逮捕されるんじゃない」

鷹央は目を細めると、含み笑いをしながら告げる。

「お前が殴りかかったそこのコロンボもどきは、警視庁捜査一課の刑事だ。お前は公務執行妨害の現行犯で逮捕されるんだよ」

あんぐりと開いた中条の口から、笛を吹くような小さな悲鳴が漏れる。鷹央は腰を曲げると、死人のように青ざめている中条に顔を近づけた。

「留置所に入っている間、一度でも排尿をすれば、お前が違法な臓器移植を受けた証拠になる。さて、お前の膀胱は何時間耐えられるかな？」

もはや絶望にうめくことしかできない中条を睥睨《へいげい》すると、鷹央は桜井に「あとは任せるぞ」と声をかける。

「ええ、お任せください。しかし、さすがは天久先生。約束通り、この男の逮捕だけではなく、組織全体まで壊滅に追い込んで頂けるとは。おみそれしました」

桜井が慇懃《いんぎん》に頭を下げると、鷹央は顔をしかめる。

「やめろよ。腹黒タヌキが殊勝に頭を下げたりしていると、なんか調子が狂う。いつか借りを返してくれれば、それでいいさ」

「そのときはぜひ。あと、個人的に今度、良いワインを差し入れに伺いますので、それを飲みながらまた一つ、コロンボの話にでも花を咲かせましょう」

「おお、それは良いな。待ってるぞ」

上機嫌に言うと、鷹央は僕と鴻ノ池を手招きした。

「そこの弁護士と秘書、あとは警察の仕事だ。帰るぞ」

怨嗟《えんさ》で充満したうめきを上げ続ける中条を無視し、鷹央は部屋から出ていく。僕と鴻ノ池はその後を追った。

「これでようやく、一件落着ですね」

廊下を歩きながら僕が声をかける。鷹央は正面玄関の手前にある水槽に囲まれたフロアで足を止めた。

「いいや、まだだ。まだ、最後にやるべきことがある」

鷹央は静かに言う。

水槽の中では、色とりどりの熱帯魚が艶《あで》やかに泳いでいた。

エピローグ

「いい天気ですねぇ」

花束を抱えた鴻《こう》ノ池《いけ》が、空を仰ぐ。額に滲《にじ》む汗をぬぐいながら視線を上げると、抜けるような青空が広がっていた。

連続臓器強奪事件の真相が暴《あば》かれ、中条《なかじょう》が逮捕された翌週の土曜日、僕は鷹央《たかお》、鴻ノ池とともに奥多摩《おくたま》にある墓地へとやってきていた。

ハリウッド映画でよく見るような、芝生が敷き詰められた広々とした土地に、西洋式の墓石が並んでいる。

「日本にもこんな墓地ってあるんですね」

鴻ノ池が広々とした敷地を見回す。

「宗教上、寺の墓地に抵抗がある者たちもいるからな。こういう西洋式の墓地だって需要があるさ」

降り注ぐ夏の日差しに、眩《まぶ》しそうに目を細めつつ、鷹央が墓石を見回しながら芝生を踏みしめて進んでいく。

「ああ、ここだ」

足を止めた鷹央は、アーチ状の白い大理石でできた墓石を指さす。そこには『Yuka Jinguuji』と名が彫られていた。

「どうぞ」

鴻ノ池が差し出した花束を受け取ると、鷹央は片膝《かたひざ》をついてそれを供え、墓石に向かって語り掛ける。

「お前の腎臓《じんぞう》を奪った奴は逮捕した。ただ、残念ながらお前の兄を救うことはできなかった。……すまない」

悔しげに言うと、鷹央は手を合わせる。それに倣《なら》いながら、僕は鷹央の姿にかすかな感動を覚えていた。

一年前の彼女なら、「たとえ、魂というものが存在していたとしても、それが遺骨とともに墓地にあるとは限らない。墓参りなんて、生きている人間の自己満足だ」などと言っていただろう。しかし、いま彼女は真摯《しんし》に死者を悼《いた》んでいる。その成長がなぜか無性に嬉《うれ》しかった。

僕は一昨日、成瀬から受けた報告を思い出す。公務執行妨害で現行犯逮捕された中条は黙秘を続けているが、公式に記録が残ってない腎臓を移植されていることにより、今後、腎臓の組織を取ってDNA検査が行われる予定だという。

また、同時に逮捕された仲間たちが次々と我が身可愛さに自白をはじめているので、想像より容易に、組織の全容、そしてこれまでに行った犯罪行為が明らかになるのは間違いないらしい。

神宮寺由佳が実の娘でなかったことは、まだ神宮寺岳彦には伝わっていない。しかし、連続臓器強奪事件という猟奇的な事件の解決は、マスコミに大きく取り上げられている。いつかは岳彦の耳にも入ってしまうだろう。そのとき、彼がどれほどショックを受けるのか、そして亡《な》くなった娘への想いがどう変わるのか、僕には想像ができなかった。

できることなら、たとえ血が繋《つな》がっていなくても、その愛情だけは変わらずにいて欲しい。そう願っていると、手を合わせたまま鴻ノ池がつぶやいた。

「けど、由佳さん、せっかく腎臓を二つとも提供してくれたのに、最終的に中条に移植されただけになっちゃいましたね……。もっときちんと、遺志を尊重してあげたかったです」

「できたさ」

祈りを終えた鷹央は立ち上がり、顔の上に手を掲げながら空を見る。

「神宮寺由佳が腎臓を提供してくれたおかげで、中条を逮捕し、その組織を壊滅させることができた。きっと何十人、もしかしたら何百人もの人間を救うことができたんだ。

それも全て、彼女の崇高な遺志のおかげだ」

「そっか……。そうですね。由佳さんはたくさんの人を助けたんですよね」

鴻ノ池は何度も頷《うなず》き、胸の前で両拳《りょうこぶし》を握りしめる。

そう、本人が望んだ形とは違っても、神宮寺由佳の臓器提供という自己犠牲が、多くの人の未来を救ったことは間違いない。そして鷹央こそが奪われた『生命』に意味を与え、輝かせた功労者だ。

「さて、報告は済んだ。一仕事終わったし、どこか一杯飲んでいきたいな」

「僕は運転があるんで飲めないんですが……」

文句を言うと、鷹央はあごに手を当てて考え込んだあと、柏手《かしわで》を打つように両手を合わせた。

「それなら、せっかく奥多摩まで来たんだ。温泉宿でも探して、一泊していけばいいだろ。夏に温泉で冷酒を飲むなんていうのも、おつでいいな」

「あ、それいいですね！　この辺に、ひなびた旅館とかないか調べますね。ちょっと待ってください」

鴻ノ池がジーンズのポケットからスマートフォンを取り出し、旅館を探しはじめる。

「おお、ここなんていい感じじゃないか。でかい露天風呂もあるし」

「え、でもこっちもよくないですか？　部屋に露天風呂がついていますよ」

旅館の吟味をしながら離れていく鷹央と鴻ノ池の背中を眺めつつ、ため息をついた僕は、由佳の墓石に向き直ると深々と一礼した。

ありがとう。

そして、どうか安らかに。

セミの鳴き声が響きわたる中、僕は鷹央たちのあとを追ってゆっくりと歩き出した。

本書は新潮文庫のために書き下ろされた。

知念実希人著

ひとつむぎの手

命を縫う。患者の人生を紡ぐ。それが使命。〈心臓外科〉の医師・平良祐介は、多忙な日々に大切なものを見失いかけていた……。

知念実希人著

天久鷹央の推理カルテ

お前の病気《ナゾ》、私が診断してやろう――。河童、人魂、処女受胎。そんな事件に隠された〝病〟とは？　新感覚メディカル・ミステリー。

知念実希人著

天久鷹央の推理カルテⅡ
―ファントムの病棟―

毒入り飲料殺人。病棟の吸血鬼。舞い降りる天使。事件の〝犯人〟は、あの〝病気〟……？新感覚メディカル・ミステリー第2弾。

知念実希人著

天久鷹央の推理カルテⅢ
―密室のパラノイア―

呪いの動画？　密室での溺死？　謎めく事件の裏には意外な〝病〟が！　天才女医が解決する新感覚メディカル・ミステリー第3弾。

知念実希人著

天久鷹央の推理カルテⅣ
―悲恋のシンドローム―

この事件は、私には解決できない――。天才女医・天久鷹央が解けない病気《ナゾ》とは？　新感覚メディカル・ミステリー、第4弾。

知念実希人著

天久鷹央の推理カルテⅤ
―神秘のセラピスト―

白血病の娘の骨髄移植を拒否し、教会の預言者に縋る母親。少女を救うべく、天医会総合病院の天久鷹央は〝奇蹟〟の解明に挑む。

知念実希人著

スフィアの死天使
—天久鷹央の事件カルテ—

院内の殺人。謎の宗教。宇宙人による「洗脳」。天才女医・天久鷹央が〝病〟に潜む〝謎〟を解明する長編メディカル・ミステリー！

知念実希人著

幻影の手術室
—天久鷹央の事件カルテ—

手術室で起きた密室殺人。麻酔科医はなぜ、死んだのか。天久鷹央は全容解明に乗り出すが……。現役医師による本格医療ミステリ。

知念実希人著

甦る殺人者
—天久鷹央の事件カルテ—

容疑者は四年前に死んだ男。これは死者の復活か、真犯人のトリックか。若い女性を標的にした連続絞殺事件に、天才女医が挑む。

知念実希人著

火焔の凶器
—天久鷹央の事件カルテ—

平安時代の陰陽師の墓を調査した大学准教授が、不審な死を遂げた。殺人か。呪いか。人体発火現象の謎を、天才女医が解き明かす。

知念実希人著

魔弾の射手
—天久鷹央の事件カルテ—

廃病院の屋上から転落死した看護師。死体に全く痕跡が残らない〝魔弾〟の正体とは？天才女医・天久鷹央が挑む不可能犯罪の謎！

知念実希人著

神話の密室
—天久鷹央の事件カルテ—

まるで神様が魔法を使ったかのような奇妙な「密室」事件、その陰に隠れた予想外の「病」とは？　現役医師による本格医療ミステリ！